魔王討伐のごほうびはパーティー全員に養われることでした
Welcome to the Second Life of HIMO!!
落合祐輔
ill. トモゼロ

「おはよ。よく眠れた？」

癒やしのバスタイム

一番好み?」」」

「「「さぁ、誰が

Contents

Welcome to the Second Life of HIMO!!

魔王討伐のごほうびは
パーティー全員に
養われることでした

落合祐輔

MF文庫J

口絵・本文イラスト●トモゼロ

【プロローグ】

いま、俺の目の前には、かわいいウエディングドレス姿の女性が三人いる。

「わたしはこれからも、レクスがしたいこと全部、一緒に楽しんであげる。わたしとなら一生忘れられない楽しい思い出、たくさん作れるよって誓うね」

爽やかな笑みを浮かべるノエル。

「私はこれからも、貴方《あなた》が周りに迷惑をかけないよう目を光らせます。自堕落な貴方が生涯真っ当に生きていけるよう、管理すると誓ってあげてもいいですが？」

頬《ほお》を染めてそっぽを向くアイナ。

「あたしはこれからも、レクスくんがい〜っぱい甘えられるようがんばる。十年後も百年後も……転生したとしても、レクスくんのお姉さんでいることを誓ってあげる♪」

まっすぐ俺を見つめるユフィ。

困惑する俺なんてお構いなしに振る舞うのは、冒険者として共に世界を旅し、紆余曲折《うよきょくせつ》を経て魔王討伐を成し遂げた、唯一無二の大切な仲間たち。

でも、そこまでなんだ。それ以上の関係になんて発展していない。

なのになんで、順番をすっ飛ばして、彼女たちは俺に対し誓いの言葉を？

しかも、三人同時に？

その理由を解き明かすには、きっと、ここに至るまでの話をしないといけないんだろう。

魔王討伐を成し遂げた俺たちが王都に凱旋《がいせん》し、そしてどうなったのかを――。

【第一章】　がんばりすぎた有能軍師はさすがにもう休みたい

その日、王都は、過去に類を見ないほどの盛り上がりを見せていた。

五〇〇年以上もの間、人類と敵対していた魔物や魔族の群衆。

それを率いる魔王がついに討たれたのだ。

【魔王軍】は、一部残党こそ存在してはいるが組織としては瓦解。

勢いづいた人類軍や各地の冒険者たちにより、占拠されていた要所や町村も続々と解放、奪還されていった。

要するに――五〇〇年以上ぶりに、世界に平穏が戻ってきたってわけだ。

「よくやったぞー！　勇者パーティー!!」

「ありがとう！　本当にありがとー!!」

街頭や路地、建物の窓という窓を埋め尽くさんばかりに、人が溢《あふ》れかえっていた。

みな、魔王を討伐した勇者パーティーを、ひと目見ようと集まってきた人たちだ。

彼ら彼女らの視線は、一点に注がれていた。

凱旋パレードの列の途中。馬に引かれてゆっくりと動くフロートの上。

笑顔で声援に応えている、俺たち四人の冒険者に向けて。

「帰ってきたんだな、俺たち……」

俺――レクス・アーキバルトは、声援を送ってくれる人たちに手を振りつつ息を漏らす。

俺の職業は僧侶。そして、パーティーの軍師ポジションでもある。

後衛で指揮を執りつつ、僧侶にのみ使える【神の御心《ヒール》】でメンバーの怪我《けが》を癒やしたり、補助魔術でサポートするのが役割《ロール》だ。

「もしかして感慨にふけってる？　かわいいとこあるじゃん」

そう茶化《ちゃか》してきた彼女は、ノエル・コルトレーン。

銀色のミディアムヘアと白を基調とした装いが抜群に目をひく、勇者の女の子だ。

醸し出す雰囲気は透明感と清涼感に溢《あふ》れつつ、黄色い瞳は凜《りん》としていて眩《まぶ》しい。

元々は、しなやかに鍛えられた体躯《たいく》から神速の剣技を繰り出す剣士職。今回の偉業を経て勇者の称号を与えられた、俺たち勇者パーティーの攻撃の要だ。

「レクスにもちゃんとあったんですね、感慨というものが」

微笑《ほほえ》んで周囲に手を振りつつ、手痛い一言を漏らしたのはアイナ・ロザリー。

艶のあるロングの黒髪とツンとした目元が特徴的な、魔導師の女の子だ。

魔導師の特徴でもある大きな帽子と、健康的な太ももを包む黒タイツが印象的。

いついかなるときも冷静沈着だが、青みがかった瞳がとらえた敵は確実に葬る、魔術や魔導書に造詣の深い頼れる後衛だ。

「ふふっ♪　こんなに祝われたら、感慨深くもなるでしょ」

たおやかに微笑んで俺をフォローしてくれたのは、ユフィ・シズベット。

かわいらしいピンクのツインテールと、クリッとした目が印象深い女の子だ。

パーティー内では一番の童顔小柄。ファッションもピンクを基調としたフェミニン系。

けどそんな装いとは裏腹に、巨大な戦斧《せんぷ》と大きなバストを装備する、れっきとした戦士職であり最年長のお姉さんだ。

「そうだよ。俺、ゴーレムでもなければ自動人形《オートマトン》でもないんだから」

「わかっていますよ。冗談も通じないんですか？」

「あはは。相変わらずレクスに厳しいね、アイナは」

するとノエルは、笑いながら俺をグイッと引き寄せた。

ノエルと俺の肩がピタッと触れる。

「レクス、こっち来て。一緒に振ろうよ、手」

群衆に向けて手を振るノエル。

集まっている人々も、そんなノエルに向けて賛辞の声を投げかける。

魔王討伐に貢献した勇者を、みなが讃《たた》えているんだ。

ああ……やっぱ、仲間がこうして脚光を浴びるのは誇らしいな。

だって俺は――、

「自分は活躍できなかったしなぁ、とか思ってる？」

ノエルはいつの間にか、俺の顔を覗《のぞ》き込《こ》んでいた。

群衆には聞こえてない、けど俺の耳にはハッキリと入ってきた言葉に驚いてしまう。

「いつの間に心読めるようになったんだ？」

「読めるよ、仲間だもん。ずっと一緒に旅してきた、ね」

ノエルは「でもさ」と続けた。

「レクスにもあるよ、武器。レクスがいて指揮を執ってくれて、傷を癒やしてくれたから、わたしたちは今、ここにいるんだもん」

微笑《ほほえ》むノエル。その表情の柔らかさに、言葉に、俺は胸がすく思いだった。

「ノエルはレクスに甘すぎ。言わんとすることは、わかるけど」

そう小言を言いつつ、なぜか俺の隣に詰めてきたのはアイナだった。

こちらも、肩がぶつかる……というか、ぶつけてるレベルの至近距離だ。

「レクス、もう少し詰めてください」

「ノエルと俺が並ぶだけでぎゅうぎゅうなんだよ。三人横並びは危ない……」

「だから詰めてと言ったんです」

危ないから離れたほうが、という言葉を遮るように、アイナはギュッと身を寄せてくる。

「あ、二人とも抜け駆けしてズルい。あたしも交ぜてよ～♪」

今度はユフィまでもが、俺のそばに詰めてくる。

背中に抱きつき、身を乗り出そうとしてきた。

「さすがに四人は狭すぎるって」

「気にしない気にしない。めでたい日なんだから！」

ユフィはその小さい腕で、俺たちをギュゥッと抱き寄せた。

「ずーっと一緒に旅してきた仲でしょ。最後までこうして、仲良しでいたいじゃない」

まぁ、うん。それを言われたら、ユフィの行動を無下にはできない。

ユフィの言うとおり、俺たちは長いこと四人で旅をしてきた。

出会ったのはちょうど四年前。いろいろと理由や縁があってパーティーを組むことになって、世界各地を回った。

そしてつい先月、紆余曲折《うよきょくせつ》を経て魔王討伐を成し遂げるに至った。

それもこれも、この四人での旅があまりにも居心地よくて――、

「本当に楽しかったな。みんなとの旅は、本当に」

残した功績も、間違いなく歴史に名を残すレベルだろう。

誇らしい気持ちに嘘《うそ》はない。

「今日まで本当に、ありがとな。みんな」

「こちらこそ」

「……ふふっ」

「うん……っ」

俺たち勇者パーティーの旅は、ここで終わる。

偉業を成し遂げたという、最高の形で。

めでたいことだ。めでたいことのはずだ。

いや、いい。

本来であれば。

「しかし、けど、なんだ」

宙を見上げる。

祝福の声と共に舞っている紙吹雪。その隙間に見えた青色に目を細めながら。

俺は、ずっと思っていたことを小さい声で漏らした。

「魔王なんて――」

＊　＊　＊

「――倒さなければよかったなぁ」

そして、一気に飲み干した麦酒《ビール》の樽《たる》ジョッキを、ダンッとテーブルに叩《たた》き付けた。

空の樽《たる》ジョッキを眺めて、つい盛大なため息を漏らした俺を見ながら、

「まだ言ってますよ、この人」

これ見よがしにため息をつくアイナと、

「才能かもね、めでたいことをここまで後悔できるのもさ」

ケラケラと楽しそうにしているノエルと、

「レクスくん大丈夫？　お水飲む？　それとも追い麦酒《ビール》いっとく？」

飲ませて忘れさせせようとしてくるユフィ。

俺たち勇者パーティーの四人は、いま、街の酒場の個室で宴会をしていた。

趣旨としては『長旅と魔王討伐お疲れさま会』。

さっきのは、乾杯して早々に発した俺の言葉だ。

国王や臣下の人たち——いや、街の誰かが聞くだけでも耳を疑うセリフだろう。

「そりゃあ最初は、魔王なんていないほうがみんなうれしいよな、って思ってたよ」

「で、軽いノリで目標立てたよね。冒険者だしちょっとがんばってみようか的な感じで」

ノエルはうんうんと頷《うなず》き、

「でもいざ魔王城に突入して、討伐すっぞと思ったらさ……めっちゃ強かったじゃん！」

「それはそうでしょう。五〇〇年以上も人類を苦しめてきた勢力の王なんですから」

アイナは肩をすくめ、

「で、めっっっちゃしんどい思いで討伐して、やっとゆっくりできる～！　って思ってたらさ。なんなの、昨日の国王さまの話！」

「まぁ、そうね。あれはあたしも正直びっくりした……」

ユフィは困ったように笑った。

どういう話だったかというとだ。

魔王が討伐され、魔族や魔物の活動が落ち着いていくだろう今後、冒険者の活躍の場は減っていく。

特に十代後半から二十代前半の若者の大半は、冒険者稼業を卒業して一般職に就く者も増えてくるだろう、というのが国の見立て。

そんな中、同じ若者枠の俺たちはとんでもない功績を残した。残してしまった。

故に、他とは比べものにならない重大な役職に従事することを勧められたんだ。

たとえばノエルは、軍部の精鋭七人で構成された近衛《このえ》隊に推薦されているし。

アイナは、王宮魔導図書館の特級司書に推薦されているし。

ユフィは、軍に新設される部隊の部隊長に推薦されているし。

そして俺は、王国軍士官学校の特務顧問に加え、賢人会議の一席に推薦されていた。

勇者パーティーを勝利に導いた軍師としての経験や知見を、今度は国のため国王のために役立ててほしいとのこと。

本来なら将軍クラスや内政に深く関わってきた人間が、相応の年と経験を重ねて推薦される、責任重大なポストだ。

そこにわずか二十歳の若造が推されるのは、建国以来初のできごとらしい。

ありがたいことだけど……え、労働しろって？

めっちゃしんどい思いで魔王討伐し、ヘロヘロになって帰ってきた俺たちに、さらに重い責任を背負えって？

「とどのつまり、貴方《あなた》の本音は？」

「もう無理ー！　働けなーい！　ゆっくりさせてー！」

「清々《すがすが》しいまでのクズ発言ですね」

テンポよくツッコみながら、アイナは呆《あき》れたように息を吐いた。

「国から推薦された役職は、貴方の能力が正当に評価されたからでしょう？　仮に蹴ってしまうとして、後悔はないんですか？」

「ないっ。なぜならしばらくは、ゆっくりしていたいから！」

もちろん、アイナの言い分や相手側の期待も、理解しているつもりだ。

ただ、ノエルやアイナ、ユフィは評価されるに値する人材だとしても、俺に関してはとてもそうは思えないんだよなぁ。

「みんな俺を買いかぶりすぎなんだよ。俺がしてきたことなんて所詮『僧侶ならできて当たり前』『軍師なら意識できて当然』のことでしかないんだからさ……」

それで高い期待と責任を背負わされても、荷が重いだけだって。

「そうかなぁ。レクスの支援と援護、めっちゃ助かってたよ、わたしたち」

「……確かに。状況判断は早くて的確。そのための膨大な準備に、寝る間を惜しんで、誰よりも時間を費やしていたことは事実ですしね」

「魔王の永続魔術であたしたちが傷ついても、【神の御心《ヒール》】かけ続けてくれたもんね。喉カッスカスになるぐらい、ずうぅっと詠唱しっぱなしでさ」

「しかも、わたしたちへのバフがけも忘れないよう、超マルチタスクで足並み揃《そろ》えてくれてたし。大変だったでしょ、あれ」

「そのぐらい、誰よりも魔王討伐に貢献していた。それは間違いありません」

「そうそう。だからもっと、自信持っていいと思うんだけどなぁ、お姉さん的には」

「や、やめて！　面と向かって褒められんの、ムズムズする……！」

褒められるのはどうにも苦手だ。

もちろん、みんなの優しい労《ねぎら》いの言葉は、心に染みこむほどうれしいんだよ。

けどどうしたって俺の根底には、『俺はそんな褒められるような人間じゃない』って気持ちが根付いてしまっていて。

「俺にできることは、そのぐらいしかなかった。だから、目の前のできることをひたすらがんばった。それだけなんだよ」

その程度で胸を張ろうだなんて、ただのイタい勘違い野郎じゃないか。

なのになまじ魔王なんて倒しちゃったから、方々からの期待値ばかりが高くなって、その結果が責任重すぎポストへの推薦、だもんなぁ。

「というか、みんなはいいのか？　このままじゃパーティー解散で、それぞれ就職して離ればなれになるんだ——」

「ヤだー‼」

俺を遮って誰よりも真っ先に声を上げたのは、ユフィだった。

「部隊長なんて絶対無理！　あたしみたいな情緒不安定な人に務まるわけないもん‼」

しかも、ここまで醸し出されていたお姉さん感はどこへやら。

急にメンタルを病んだように、えぐえぐと泣きながら続けた。

「ううぅ、みんなとだからギリ必要とされてただけなのに……無理無理絶対無理、みんながいない場所でうまくやれるわけない！　まだまだみんなと一緒にいたいよぉぉ」

そう、ぐびぐびと麦酒《ビール》を飲み進めるユフィ。

彼女はちょっとしたことで、すぐ気分やテンションが乱気流を起こすんだが、それ故に言葉に嘘《うそ》がない。

「けどもう、なるようにしかなりませんよ」

そう正論を述べるのはアイナだ。

「これを機に、ノエルやユフィとの関係が希薄になりかねないという意味で、パーティー解散には少々不服ですが。私は、納得するしかないと思ってます」

彼女は女子メンバーと仲がいい。特にノエルとは、俺やユフィと出会う前から交流があったこともあり、親友と言ってもいい関係だ。

でも、社会人になれば連絡を取れる機会も自然と減っていく。

アイナの心配もよくわかる。

「なお、貴方《あなた》はその限りではありません。賢人だろうが凡人だろうがお好きなように」

「わかってるって。そんな、皆まで言わなくても」

「自惚《うぬぼ》れていないようでなにより」

俺の期待へ釘《くぎ》を刺すように、アイナはフッと笑みをこぼした。

ちなみに彼女の俺に対するシニカルな態度は、これが平常運転だ。

付き合いが長いこともあり、もはやこの扱われ方には慣れていた。

なので気にしていない。むしろ心地よさすら感じている。

それにこうして皮肉を投げつつも、いちパーティーメンバーとして、彼女が俺を信頼してくれているのはわかっているつもりだ。

「まあ、貴方と距離を置くことに思うところがあるのも、少しだけ認めますが」

「え？」

「貴方《あなた》のような清々《すがすが》しいほどのクズ人間は、野放しにすると迷惑を被る人が必ず出ます。なら、私のそばに置いたほうがまだしも社会のため、という意味です」

……信頼、してくれてるよね？

「んー、正直わたしもいやかな、離ればなれは。仕事、楽しそうじゃないし」

ノエルはカラッとした笑みを浮かべながら続けた。

「このメンバーとで……レクス軍師の下でのんびりダラダラしてるほうが、楽しくて好きだし、わたしは」

ノエルは自分の尺度において『楽しそう』かどうかを、常に行動の指針にしている。

実に彼女らしい言い分だ。

だからこそ――、

「てなわけで。したくないなら、しなくていいんじゃん？　パーティー解散も就職も」

「……はい？」

そんな、あまりにも変哲のなさすぎる提案に、俺は面食らってしまったのだ。

＊　＊　＊

――したくないなら、しなくていいんじゃん？　パーティー解散も就職も。

そんなノエルの何気ない、あまりにも変哲のなさすぎる提案を受けた、翌日。

俺たち一行は、なぜか王都の外れに広がる高級住宅街にいた。

「なあ、ノエル。なんでこんなとこに？」

疑問符でいっぱいの頭を精いっぱい持ち上げて、目の前の景色を視界に収める俺。

立派な一軒家が建っていた。存在感のある門構えに、大型犬を放し飼いできるレベルの広い庭を備えた、大きな二階建ての建物だ。

ノエルはその門の前に立つと、くるりと俺たちのほうに向き直る。

そして両腕を広げた。

「ようこそ、わ、わたしたちの、い、い、家に」

「…………は？」

なに言ってんだ、ノエルは。

その脳内の疑問に答えるように、

「今日からここが、我が家だよ」

「……え？　我が家？」

わたしたちのってことは、俺たちの？　家？　は？

理解が追いつかず、どうにか一言だけ絞り出す。

「どうしたんだ、この家？」

混乱している俺を見かねたのか、はたまたリアクションに満足したのか。

ノエルは、むふーとドヤりながら、とんでもないことを口にした。

「買っちゃった」

「か、買ったって……この家を⁉」

「うん。キャッシュで一括」

「キャッシュで一括ぅ⁉」

いやいやいやいやいや。

素っ頓狂な叫びが木霊するこの辺は、喧噪《けんそう》から隔離されたのどかな一等地なんだぞ？

一軒一軒が独立し、庭も含めた敷地面積広めの住宅が建ち並ぶ、高級住宅街だぞ？

そんな土地に建つ豪華な一軒家を、キャッシュで一括購入？

余裕で何億って金が溶けるのに、そんな大金どこに？

俺たち、行く先々で路銀を稼ぎながらなんとかしてきたレベルの貧乏旅だったはず。

「……あっ」

そうか、わかった。わかってしまった。わかりたくはなかったけど。

「魔王討伐の、報奨金？」

「ぴんぽーん♪」

「てことは、報奨金はもう？」

「うん、もうないよ、ほとんど」

ちょ、おま、マジかよ。

確かに何億エニスって金を受け取る手はずになってたけどさ……。

凱旋《がいせん》するまでの帰り道で、キレイに山分けしようって話してたじゃん！

「どうせあんな大金、持ってたって持て余すだけでしょ。なら使っちゃおうよ、パーッと。貧乏には慣れっこじゃん」

「この計画性のなさ、実にノエルらしいというか」

これにはさしものアイナも、呆《あき》れつつ受け入れるしかないといった様子だった。

ひとつ大きなため息をついたあとは、なにも文句を言おうとはしない。

「びっくりだけど、ちょっとワクワクしちゃってる自分がいるかもー。こんなステキなおうち、住めるなんて思ってもいなかったしー」

「でしょ？　ここでみんな一緒に暮らすの、楽しいと思うんだよね、絶対」

ユフィの乗り気だが謎に棒な反応に、ノエルはご満悦だ。

すると、ニコニコしながら俺の腕を取って、

「と、いうわけで。ルームツアーしちゃお？」

「しちゃおーしちゃおー。ほらほらレクスくーん、行くよー」

ユフィは棒な反応のまま、ノエルとは反対側から腕を取り、

「ここでダラダラしていても時間の無駄です。とりあえず入ってください」

アイナは俺の背中をグイグイと押し、四人揃《そろ》って門扉を潜《くぐ》るハメに。

……え、なんで？　なんかみんな、受け入れるの早くない!?

＊　＊　＊

外からの見た目通り、家の中はしっかりした造りになっていた。

四人では持て余し気味なリビングに、四人集まって使っても余裕のある広いキッチン。

レンガ造りの風呂も、ひとりで入るには寂しさを感じるレベルに広い。

個室は五つと、家の大きさの割に少なかった。けどその分広くて快適そうではある。

そして、なんということでしょう。宮廷御用達《ごようたし》の家財一式が備え付けという破格の物件。

「……で、いくらしたんだ？　この家」

ルームツアーを終えてリビングでのんびりしているノエルに、恐る恐る尋ねる。

「いくらだったっけ？」

覚えといてよ高い買い物なんだから！

「じゃあ逆に、報奨金はあといくら残ってる？」

「二〇〇万エニスぐらい？　もうちょっとあったかな」

「思ってたよりだいぶ少ない！」

億単位だったはずの報奨金が、残り二〇〇万エニス？

今後、ノエルに財布の紐《ひも》を委ねるのはやめる。握らせたりしない。絶対に!!

「山分けは諦めるしかなさそうですね。家を購入したって事実も、認めるほかないかと」

高級ソファでくつろいでいるアイナは、驚くほど冷静だった。

ノエルの性格や性質をよく知っているからだろう。

でもなぁ……。

「借りるだけだったならまだしも。思い切りがよすぎるだろ」

「ふっふー。でしょ」

「褒めてないんだわ」

俺はそう簡単に受け入れられないよ。

報奨金だって、けっこう当てにしてたし。

「俺の老後に向けた貯蓄計画が……はぁ」

「うぇえ？　レクスくん、もう老後のこと考えてたの？」

ダイニングテーブルでまったりお茶しつつ、ユフィは物珍しそうに俺を見た。

「そりゃ考えるだろ。あと、資産運用についてとかさ」

「意識高すぎでは」

「俺が働かない代わりに、お金に働いてもらおうかなって」

呆《あき》れたようなアイナの視線が痛い。

なんだよぉ、俺が働きたくない以上はそれが最適解だろぉ？

「百歩譲って、買っちゃった以上は住むとして。生活費どうすんの」

物価の高い王都で二十代前後の男女が四人、二〇〇万エニスでやりくりしていこうとしたって、持って一年ってところだ。

最悪、この家を早々に売り払ってテント生活に移行という手もあり得る。

と、アイナがスッと手を上げた。

「働くしかないでしょうね」

そう。答えなんて最初から見えていた。

ひと所に住んで生活するには金がいる。旅にだって路銀は入り用だったんだ。

その金は、働いて稼ぐしかない。

「でも、レクスはいいよ」

するとノエルは、そう切り出して、さも当然のように続けた。

「働かなくていい。ヒモになりなよ、わたしたちの」

……この子はまたシレッと、とんでもない提案を……。

「ヒモになりなよって……俺が？　みんなの？」

「うん♪　レクスくんはあたしたちが養ってあげる」

「働く気のない人間を無理に働かせるよりは、建設的でしょうしね」

……え？　ユフィとアイナも、ノエルの考えに同意なの？

じゃあ、理解が追いついていないのは、俺だけってこと？

「いやでも、さすがにそれは迷惑じゃ……」

「ないよ、全然。迷惑じゃない」

そう、ノエルは断言してから続けた。

「わたしが大怪我《おおけが》で動けないときにさ、身を挺《てい》して守ってくれたことあったでしょ？」

「魔術が通用せず混乱した私に活を入れて、その……救ってくれたこともありました」

「武器壊れて病んでたあたしのために、何度も鍛冶職人さん説得しに行ってくれたりね」

三人が語るのは、これまでの旅の中で実際に直面したできごとだった。

俺にできるのはそれしかないと、考えるより先に体が動いただけ……なのに。

「レクスはよくがんばってくれた。だから作ったんだよ、落ち着ける時間と場所を」

「貴方《あなた》はなにかと、過剰にがんばりすぎるワーカホリックの傾向にありますから」

「もうゆっくりしていいんだよって空間を、あたしたちで用意したかったの」

そう労《ねぎら》ってくれる姿は、まるで慈愛に満ちた聖母のようでもあり。

「それが……この家だってこと？」

ノエルは「そう」と頷《うなず》いて、両腕を広げる。

この空間が、この景色が、この状況が、いかに素晴らしいかプレゼンするように。

「働きたくない、ゆっくり休みたい。なら、そうすればいいんだよ。いつか働く気が起きるとして、それまでの猶予期間《モラトリアム》だと思ってさ」

猶予期間《モラトリアム》。

社会生活というくびきから逃れ、ギリギリまで自由を謳歌《おうか》する先延ばしの時間……か。

「で、その猶予期間をあたしたちと一緒にうーんと楽しむの♪　誰にも、なににも縛られず、働きもせず！　あたしたちの仕事も、時間の融通が利くのにしちゃってさ」

「冒険者協会の仕事に絞れば、それも可能でしょう。実入りはバイト程度ですが、貯金も考慮すれば暮らしていけないことはありませんし」

「みんな……」

聖母めいたノエル、ユフィ、アイナの提案は、正直ありがたい。

疲れ切っていた俺の精神に優しく広がる聖水のようで、毒気が抜けていく気さえする。

もちろん、女子三人に働かせてひとりのほほんと休む気か？　っていう思いがないわけじゃない。そこまで甲斐性《かいしょう》なしなつもりはない。

ただ、それでも。

三人の、これほど俺を思ってくれた提案を無下にするのも、なんか違う気がしたんだ。

「ノエル、アイナ、ユフィ。ごめん。本当にありがとう」

俺は、思わず涙が零《こぼ》れそうになるのを堪《こら》えて、精一杯の笑顔を三人に向ける。

「そこまで言ってくれるなら、俺――お言葉に甘えさせてもらおうかな」

俺の決断に、ノエルたちも安心したような笑顔を向けてくれた。

ああ……俺は本当に、いい仲間を持った幸せ者だなぁ。

【幕間《まくあい》】　仲良し女子メンはこっそりガールズトークしたい

レクスがヒモになることを決断してくれた日の、夜。

レクスが寝静まったのを見計らって、ノエルとアイナ、ユフィは、ひとつの部屋に集まっていた。

「うまくいったね、計画通り」

「案外スムーズで拍子抜け」

「騙《だま》してるみたいで、ちょーっと心は痛むけどね」

ランプの小さな明かりが、周囲をおぼろげに照らす中、ユフィは困ったように笑う。

アイナは「そんなことない」とフォローして、

「彼の望む状況は整えられているわ。こっちの都合だけを押しつけたわけじゃない」

「そうそう。なんだかんだうれしそうだったし、レクスも。オッケーじゃない？」

「そう……だよね。うん。そう思うことにする」

不安を呑《の》み込み、ユフィは強く頷《うなず》いた。

「でもまさか、計画のために家まで買うとは思わなかったわ」

「え、アイナじゃん。買おうかって案出したの、最初に」

「あれは冗談というか、たとえ話のつもりだったの」

「ノエルにその手の冗談は通じないでしょ～。あたしもびっくりしたけど」

「わたしは、ユフィの演技の棒っぷりにびっくりしたけどね」

「え!? そ、そんなに棒だった……?」

「感情が乗ってなかったわ。『いるかもー』とか『思ってもいなかったしー』とか」

「あー、あー! やめて恥ずかしい聞きたくないいいぃぃ!」

「「しー!」」

「あうっ! ご、ごめん……」

ユフィはバッと口を押さえる。

念のため、廊下に聞き耳を立てる三人。いまの声でレクスが起きてきやしないか心配だった……が、特に問題はなさそうで安堵《あんど》する。

「ともかく。最後の確認。わたしたちの目的と今後について」

ノエルが改まったように言って、続ける。

「わたしたち三人は、それぞれ、レクスのことが好き。で、いいんだよね」

「彼を好いてるって事実は非常に不本意ではあるけれど……認めるわ」

「うん。好き……だよ。すっごい好き」

そう。ノエル、アイナ、ユフィは、レクスに好意を抱いている。

ノエルにとっては、自分のノリを一緒に楽しんでくれることの心地よさが。

アイナにとっては、自分のルサンチマンを理解し寄り添ってくれる安心感が。

ユフィにとっては、自分の面倒くさい性格を受け入れ必要としてくれる優しさが。

理由やキッカケは様々。だがレクスを好いているというのは、紛《まぎ》れもない事実だ。

「出会ったころは、まさか好きになるなんて思わなかったけど」

「ね。けどさ、締めるときはしっかり締めるから、旅先でめっちゃ頼りになったよね。そういうところが、いい。カッコよくて」

「ノーコメントで」

「アイナは素直じゃないなぁ。ウリウリ」

「突《つつ》かないで……！　ええ、そうね。百回に一回ぐらいは……カッコいい、かも」

ノエルに突かれながらも、アイナは相変わらずドライな表情を崩さない。

けれど頬《ほお》が赤く染まっているように見える。ランプの明かりによるものだろうか。

「でもレクスくんの場合、カッコよすぎないのもいいよね。隙があるから安心」

「隙というか、こう……私が管理してあげないとっていう、庇護《ひご》欲？」

「昨日の、お酒飲んでぐでーってなってるところとかね。なんとかしてあげたいって思っちゃった。わたしだけかな？」

「あたしもっ」

「……私も」

果たしてそれは、レクス側からしてうれしい評価なのかは不明だが。

ともあれ。長い道中を共に旅していれば、恋慕が芽生えるのも自然なことであった。

「ただこれ、レクスくん争奪戦ってことだよね。てことは、あたしたちは恋敵……」

「この国で一夫多妻制が認められていない以上、そうなるわ」

ユフィは少しだけ表情を沈ませる。

たまたま好意の対象が重なっただけで、三人の仲は依然として良好だ。

それがレクス争奪戦を機に壊れてしまうことを、ユフィは望んでいなかった。

「うん。でも、ユフィの言いたいことはわたしも……アイナも一緒。でしょ？」

「ええ。恋敵以前に、私たちは苦楽を共にした仲間であり、友達。だからこそ立てたのよ、この作戦――告白猶予期間《モラトリアム》を」

当然、ノエルとアイナも、この友情の崩壊までは望んでいない。

だから彼女たちは、レクスに内緒で画策していたのだ。

友情が壊れないような公平な状況を作るため、レクスをヒモにして飼い慣らし。

各々がレクスへ告白する準備を進めるための、猶予期間を設けようと。

「告白の成功率を高めるため、わたしたちはそれぞれ、自由にアプローチしてＯＫ」

「当然、出し抜かれないような工作を図ることも許容する」

「でももし自分が選ばれなくても、選ばれた人を素直に祝福する……だよね」

その準備にも、気持ちの整理にも、どうしたって時間は必要だからと。

それが、彼女たちにとっての猶予期間《モラトリアム》の意義だった。

「拠点の用意と彼のヒモ化は無事に成功。計画の第一段階はクリアしたわ」

「あとはみんなで猶予期間を楽しみつつ、ゆっくりじっくり外堀を埋めていって……」

「折りを見て告白して、ゆくゆくはレクスと……」

そう、それぞれ甘い未来を想像する三人。

同じ価値観を共有し楽しい時間を過ごす未来。

文句を言いつつ甲斐甲斐《かいがい》しくお世話をしてあげる未来。

ひたすら甘やかし頼られる喜びに承認欲求爆上がりな未来。

気づけば三人は、揃《そろ》って「……ふへ」と笑ってしまっていた。

「……でもさ。アプローチは自由にしていいんだよね？」

そう改まって切り出したのはノエルだった。

アイナとユフィは、そうだけど？　と思いつつ二の句を待つ。

「じゃあ、ごめんだけど。先に言っておくね」

「なにを？」

「わたし、めっちゃアプローチするかも。振り向いてもらえるよう」

先陣を切るノエル。それはまさに、前衛職たる剣士らしい切り込みぐあいだった。

その宣言に、ユフィとアイナも、覚悟を決めねばと表情を硬くした。

「あ、あたしだって負けないもん。レクスくんのためにもお仕事探して稼ぐんだから」

「同意。あのダメ人間は私のヒモになって管理されるほうが、幸せになれるはずだもの。ホント、私がそばにいないとダメな人」

「ちょっと、アイナ？」

「なに？　積極的にアプローチしていいんでしょ？」

レクスは自分のものとさりげなく主張したアイナに、ノエルは釘《くぎ》を刺すように目配せする。当のアイナは、勝ち誇ったように口角を上げた。

「さりげなくズルい！　レクスくんはあたしが幸せにしてあげるのっ」

「いやいや。譲らないから、わたしだって」

「私こそ、手放すつもりはないわ」

——こうして。

当人の知らぬ場所で、誰がレクスを養うのか選手権が、静かに幕を開けていた。

【第二章】　爽やか勇者はカップル迷宮配信でくっつきたい

微睡《まどろ》みの中の俺を、鳥のさえずりがゆっくりと連れ戻した。

カーテンの隙間から差し込む明るい光に目を細める。

もう朝か。昨日の夜は、ベッドへ横になってすぐ記憶がなくなった。そのぐらい爆速で寝入って、熟睡していたらしい。

さすが宮廷御用達《ごようたし》のベッド。マットレスの硬さもちょうどよく、シーツの肌触りも心地いい。ここ数年でしたことのない睡眠体験だ。

ただ、こうも寝心地がよすぎると、もっと堪能したくなるな。

決め込むか、二度寝。

どうせ今日はやることないし。ノエルたちには申し訳ないけど、ヒモにしてくれたおかげで久しぶりにのんびりできるんだ。

もう少し寝てたって誰も怒りはしないだろう。

そう思いながら、心地よいベッドと枕の感触を確かめるように寝返りを打って——、

「………………ふふっ」

「…………」

なぜか、ノエルと目が合った。

「おはよ。よく眠れた？」

「──うわっ！　……ックリした」

せっかくの二度寝欲も吹き飛ぶレベルで驚き、上体を跳ね起こす。

ノエルはベッドの横にしゃがみ込んで、マットレスに腕と頭を乗せていた。

「な、なにしてんだよ」

「観察してたの。寝顔」

訊《き》くまでもなかった。

しかし驚いた。こんなに驚いたのは、いい宿だと思って入った建物が魔族の見せていた幻術で、寝ていたらシーツの中からアンデッドがこんばんはしてきたとき以来だ。

「かわいかったよ、すやすやしてて」

「そりゃ寝てたら大体はすやすやしてるだろ」

「旅してたときはいびきかいてたよ？　めっちゃ」

「俺の知らない恥ずかしい姿暴露するのやめて」

しかし、このベッドで寝たらいびきかかなくなったのか。

それだけ睡眠環境はいいってことなんだろう。

ふと、改めてノエルの格好が目にとまり、思わず心臓が跳ねる。

いわゆるネグリジェ、と言われるタイプのナイトウェアだろうか。

サテンの光沢が美しいそれは、一方で手足を大胆に露出させるほど布面積が少なめ。

加えてところどころシースルーになっており、白い肌が透けている。

起き抜けには刺激が強すぎる装いだ。

てかこれまで、そんな服装で寝てたことあったっけ？　野宿が多かったから？

だいたい、その格好はおいとくとしてもだ。

「どうやって入ってきたんだ。鍵閉めてたのに」

「え？　開いてたよ？」

なんだって？

「自分の不用心さが情けない……！」

「まあまあ。おかげで入れたわけだし、わたしは。気にしない気にしない」

「開いてたからって勝手に入っていいわけじゃないからな？」

ノエルはどうしてこう、変なところで常識ってネジがぶっ飛んでるんだ。

しかし、変だな。

確かに寝る前、窓もドアもちゃんと施錠したはず――、

「――うわひっ！」

今度は突然、太ももになにかが触れた。

あまりのくすぐったさと予期せぬ感触に、間抜けな声が飛び出る。

「ビックリした。どしたの？」

「なな、なんかいま、シーツの中で……」

ベッドの足先へ目を向けつつ「なにかが足に触れた」と続けようとして、止まる。

足元が不可解に膨らんでいた。

なにかがシーツの中にいる？

さっき思い出した『シーツの中からこんばんは』事件のトラウマが蘇《よみがえ》ってくる。

見るべきか、スルーすべきか。

俺は意を決して、シーツを引っぺがす。

「……すー……すー……」

ググッと体を丸めているユフィがいた。

眩《まぶ》しい朝日から目を守るように、顔の前に腕を回してギュッとなってる。

どうやら太ももに触れたのは彼女の髪らしい。

「んん……もぉ……。まぶしいよぉ……」

文句を言いたいのは俺のほうなのだが、そんなことは知らぬ存ぜぬといった不貞《ふて》不貞《ぶて》しい言葉を吐き、ユフィはムクリと起き上がる。

その姿はなんというか――事後と思われても言い訳できないような、あられもない状態だった。

薄い生地のナイトウェアはボタンでとめる前開き式なのだが、寝ている間に大部分が外れたのだろう、彼女の肌をガバッと見せつけていた。

ウェアが肩からズリ落ちるほど開放的な状態。だがそれでも脱げずにとどまっているのは、ユフィの豊満な胸に布が引っかかっているからだった。

その胸部はというと、ウェアが全開すぎて頭頂部以外はさらけ出されてしまっている。

「せっかく気持ちよく寝てたのにぃ……んん～！」

無防備に伸びをすると、連動する筋肉につられて胸が持ち上がる。

そして腕を下ろせば当然、重力に引かれてたゆんと落ちる。

起き抜けにこの光景は……ヤバい！

「ん？　どうしたのレクスくん。顔真っ赤だよ。……あれ、なんでノエルもいるの？」

「それ、わたしのセリフ」

「いや俺にだけ許されたセリフ。……全部説明する。むしろ俺も訊《き》きたいことが山積みだ。けどとりあえず、服ちゃんと着よう」

「服？　……わぁっ!!」

大きな声で驚くと同時、こちらに背を向けガバッと身をかがめるユフィ。

そんなユフィの状態を言葉にするなら、『乳隠して尻隠さず』である。

「や、やっちゃった！　もう、なんでいつもすぐはだけるのぉ……。そんなに寝相悪いのかな、あたし。凹《へこ》む、お姉さんのくせにだらしなさすぎる……うう……」

「病んでるところ悪いんだけどさ。なんでいんの？　いつからいんの？」

目の前の尻——もといユフィは、プルプル震えながら答える。

「夜中……。ほ、ほら。ひとり一室でしょ？　でも急に独りぼっちで寝るの、寂しくなっちゃって」

「だからって、寝てる間に勝手に人の部屋入っていい理由にはならんて」

「レクスくんなら迎え入れてくれるって思ったからぁ！　ただ、鍵かかっててさ」

「なんで拒否されない前提なの。だいたい、鍵かかってたなら……」

ん？　鍵、かかってた？　だよな、やっぱりかけてたよな。

でもノエルは開いてたという。矛盾している。

まさか？

「ユフィ。お前——鍵、どうやって開けた」

「え？　ピッキング」

「お前か犯人はぁ!!」

「びゃあ!?」

いつまでも尻をこっちに向けよって！

我慢できずシーツごとペイッと放り投げる。

「断りもなく勝手に鍵穴いじくり回すな！」

「え、ダメだったの？　レクスくん、昔、あたしが宝箱ピッキングで開けたら褒めてくれたのに。あれ、ウソだったんだ……」

「あれは『器用ですごいじゃん』って意味だから。部屋の鍵は下手すりゃ犯罪だ」

「じゃあ、ピッキングしないでも会いに行けるよう、鍵開けておいてよぉ……ううぅ」

「あ～あ。ユフィのこと泣かせた」

「俺のせいか？　部屋ピッキングされたのもユフィが泣いてるのも、俺のせいなのか？」

ノエルめ、シレッと責任転嫁しやがって。

自分だって断りもなく侵入した側のくせに。

さすがに一言言ってやろう――と思ったそのとき。

不意にドアがノックされ、ハッとする。

「起きているなら、さっさと出てきたらどうですか？　というか――出てきなさい」

ドアの向こうから聞こえてきたのは、アイナの声だ。

起こしにきてくれたんだろうか？　それにしては、なんか怒気を孕《はら》んでいるような……。

「さっきからユフィの声が聞こえているんですが。理由、伺っても？」

いや、気のせいじゃない。なんかめっちゃ怒ってるっぽい。

どうしよう。この事後みたいな状況、どうしたら誤解させないで説明できる……？

などと、ゆっくり考える暇もなく。

「ユフィだけじゃないよ。わたしもいる」

ガチャリと。

ノエルがドアを開けた。開けてしまった。開けやがった。

「……は？」

アイナの目には、あられもない姿で床にへたり込んでいるユフィと、ベッド上の俺と、何食わぬ顔でドアを開けたセクシーナイトウェア姿のノエルが映っているはず。

そりゃあ、眉間に皺《しわ》も寄るしジト目にもなりますよねぇ。

「お……おはよう、アイナ」

さんざん脳をフル回転させたけど、出たのは結局、なんの変哲もないただの朝の挨拶。

「…………はぁ？」

アイナの眉間の皺がより一層深くなったのは、言うまでもない。

＊　＊　＊

みんなとの朝食を摂《と》り終えたあと、俺はアイナと並んで食器を洗っていた。

「なるほど。あくまでも貴方《あなた》は、ピッキングされた被害者であると」

「被害者までは言いすぎだろうけど、概《おおむ》ね事実か。ともかくあの状況、俺が望んでああなってたわけじゃないんだよ」

食事中、アイナはこちらの弁明をまったく聞いてくれず、終始眉間に皺を寄せていた。けどこうしてシンクにふたり並んだとき、ようやく事情を尋ねてくれたので、包み隠さず説明。おかげで経緯は誤解なく把握してくれた。

「わかりました。そういうことにしておきましょう。ただ再発防止には努めてください。いくら勝手知ったる間柄とはいえ、あまりにも不純不潔です」

「と言われましても……。ユフィのピッキングで開けられない鍵はないからなぁ」

「魔術で施錠を強化する方法もありますが？　ちょうど一冊、魔導書が余っています」

確かに、魔術を使うのはありかも。魔導師のアイナらしい着想だな。

紙に呪文や簡易魔法陣を綴《つづ》り製本することで、本来は魔族にしか使えない魔術を人間でも使えるようにした書物――魔導書。

攻撃用はもちろん、【施錠を強化する魔術】みたいな一般市民の生活のお供として使われている『日用魔導書』もあり、その内容は千差万別。

書き記された呪文によって、発動する魔術はとにかく多岐にわたるからだ。

「私がその魔導書で、貴方《あなた》の部屋の鍵を管理しましょう」

「さすがにそこまでは……」

「仲間にやさ——甘い貴方が自分で徹底管理できるとは思えません。私が担います」

「いやいや、アイナの負担が大きくなるだけだし。気をつけるから、魔導書貸してくれるだけで十分だよ。ありがとう」

「…………ちっ」

あれ、舌打ち？　なんで？

「もう結構です。あとは私がやっておきますから」

しかもキッチンから追い出されてしまった……。

な……謎すぎる。

俺はその足でリビングに行き、くつろいでたノエルとユフィに尋ねた。

「俺、アイナに舌打ちされるようなこと、言っちゃったかな？」

「ん～？　さぁ」

「どうだろうねぇ」

ノエルとユフィは気のない返事をするだけ。

それもそのはずで、ふたりはソファに深く背を預けながら、魔導書を見ていた。

より正確に説明するなら、ページを開いた魔導書上に投影されているなにかを見ていた。

「なにしてんだ、さっきから」

「これ？　迷宮《ダンジョン》配信」

「迷宮……配信？　なんだそれ？」

「お、知らないことあったんだ、レクスにも」

「俺がなんでも知ってるとお思いで？」

なにを根拠に『なんでも知ってる』と思われてたんだか。

「いま、私たちみたいな若い世代に人気なんですよ。『迷宮配信』とか『迷宮撮影』」

補足してくれたのは、洗い物を終えてこちらにやってきたアイナだった。

「一、二年ほど前から広がった娯楽文化です。魔王軍の勢力が弱まり、都市近郊の迷宮が比較的安全になってきたことで、ブームになったんだとか」

なるほど。

俺たちが方々を旅をしている間に、首都圏で流行《はや》ったのか。

知らなかったのも無理ないかもな。

「なんでアイナは知ってるんだ？」

「撮影や配信、視聴に魔導書が使われるからです」

それならアイナが知っているのも納得だ。

魔導書絡みは彼女の得意分野だし。

「要するに、迷宮《ダンジョン》探索の様子を魔導書を使って撮影するんです。撮影記録を編集して公開するのが『迷宮撮影』、撮影中の様子をリアルタイムで公開するのが『迷宮配信』」

「魔導書ってそんなことまでできるのか……」

アイナの説明に思わず感心してしまう。

いまや魔導書は、俺たちの活動になくてはならないツールだ。

冒険者が使うのは攻撃用が多く、冒険者免許を持っている人間にしか使用を許されていない。

けど『日用魔導書』は攻撃性が低い代わりに、誰もが使ってよい魔導書として区分けされている。

撮影には、きっとその『日用魔導書』が使われているんだろう。

「撮影した記録や配信の様子はアカシッククレコードに保存されます。視聴には、アカシッククレコードにアクセスできる専用の魔導書を使うんです」

アカシッククレコード……原始から今日までの、ありとあらゆる記録が蓄えられている虚空領域、だっけ。

未《いま》だ全貌の把握には至っていないけど、魔導書を使ってアクセスする理論が確立され、直近の記録に限れば閲覧は容易になった……ってアイナに教えてもらった記憶が蘇《よみがえ》る。

「で、ノエルたちは今まさに、そうやって映像を見てたってことか」

「そ。見てみる？　結構おもしろいよ」

ノエルは魔導書上に投影されている映像に向けて、指先をすいすい動かし始める。

俺たちに見せようと思った映像記録を探しているようだ。

「あった。これとか？」

ノエルは目的の映像記録を見つけ、指先でツンと押した。

『おはこんばんにちはー！　【マキレナちゃんねる】マキロイと！』

『レナでーす♪　ねえねえマキくん、今日はなにするの？』

映像が再生されるや、金髪の男性と茶髪の女性が元気に挨拶してきた。

装備品からして、間違いなく冒険者だろう。

『今日やるのは……目指せ新記録！　レナちゃんソロで迷宮攻略ＲＴＡ～!!』

『えー！　レナだけ!?　無理ゲーなんですけどー！』

レナと名乗った女性は、素なのかわざとなのか大仰に驚き、慌てている。

その後も、男女ふたりの軽妙なやりとりが続いた。

「私はなにを見せられているんですか？」

アイナの冷たいツッコミがリビングに響く。

まあ、言わんとすることはわかる。

「カップル配信だよ。冒険者カップルが一緒に迷宮攻略したり、買い物したり、朝のルーティン撮影するの」

「ふーん。平和になったもんだ」

「いやいやレクスくん。その一端はあたしたちにあるんだよ?」

ああ、そうか。そうだった。

俺たちが魔王倒しちゃったから平和になったんだっけ。

今後さらに世の中が平和になっていけば、こういう活動を楽しむ連中はもっともっと増えるんだろうな。

「他にもあるよ。ひとり黙々と迷宮《ダンジョン》内でキャンプ飯紹介する人とか、めっちゃ高額な装備を買って迷宮潜る人とか。やりたいことはあるけど資金難なパーティーが投資を募る『迷宮の虎』なんてのも」

ノエルは、映像の並んでいるトップページをすいすいと動かしながら言う。

てか、いつの間にそんな知識を詰め込んだんだ、ノエルは?

俺たちの知らぬ間に見すぎじゃない?

「……でね。レクスに一個、提案」

「提案?」

ノエルは「そっ」と言って、俺のほうを向いてニコリと笑った。

「レクスさ――彼氏になってよ、わたしの」

…………はい？

ノエルの突拍子もないお願いに、俺は一瞬呆気《あつけ》にとられてしまった。

「ノエル。説明の順番、それで合ってる？」

ふと背後からアイナの声が飛んでくる。

そこはかとなくピリついている気がする。

「ああ、ごめんごめん。正確に言うと『彼氏役』」

「それも説明になってないよっ！」

ノエルを挟んで向こう側に座るユフィが、ムッとした顔をして言った。

確かにノエルは、突拍子もないことを突然言い出すところがある。

そしてそれは、言葉足らず故にそう感じるってパターンも多い。

彼女のその性質をくみ取り、ここまでに出た情報を統合して考えると、ノエルが言いたいことはたぶん……。

「俺たちで『迷宮配信』しよう、ってこと？」

「うん、そういうこと」

「「なんで理解できたの？」」

アイナとユフィが声を揃《そろ》えてツッコむが、まあ言わんとすることはわかる。

ノエルは話が通じてうれしいのか、ニコニコしながら、

「配信は、魔導書があれば誰でも簡単手軽にできちゃうし。それにこれ、お金も稼げちゃうんだよ」

「え？　そうなの？」

配信がお金を生む？　仕組みがわからん。

すると、俺の疑問を察してくれたのか、アイナが補足してくれた。

「チャンネルが収益化の条件を達成すると、再生数に応じてお金がもらえるんですよ。人気の配信者や撮影者には、迷宮《ダンジョン》配信の収益だけで生計を立てている人もいるのだとか」

「やりたいことやって、楽しむだけ楽しんで、かつそれがお金にもなる……と？」

「貴方《あなた》でも理解できるようザックリまとめるなら、そういうことです」

なるほど理解。アイナの説明はわかりやすくて助かる。

「でもそう簡単にいくかなぁ。こういうので成功してる人って、上澄みじゃない？」

珍しくユフィは冷静だ。ここは年の功かもしれない。

彼女なりに人や世間を見てきた、経験の差だろう。

「でもチヤホヤされるよ。人気出れば目立つし」

「ホントに!?　チヤホヤされたーい!!」

「手のひらドリルかよ」

さっきまでの冷静な年上っぷりはどこいった。

とはいえだ。ユフィの言うように、稼げる人はごく一部だろう。

わかりやすい人気勝負で勝てるのは、徹底的にそのフィールドに向き合い続けているガチ勢か、もともとものすごい認知度を持っている有名人の二択って相場は……。

有名人？

「そうか。『俺たち勇者パーティー、迷宮配信始めました』ってノリならワンチャン？」

手前味噌《みそ》だけど、俺たちは国中から人が集まり、賛辞を投げかけてくれたほどの有名人。

なにせいま王都には、俺たちの功績をたたえた銅像まで建設中とのことだ。

なら、一般人よりはいいスタートダッシュを切れるかもしれない。

どうやらノエルも、俺と同じ思考に至っていたらしい。

「そ。ありそうでしょ、ワンチャン。なにより――楽しそうじゃん」

ノエルは俺のほうに向き直って、ふふっと笑う。

「わたしは、レクスがヒモでいられるよう楽しく稼ぎたい。レクスは、こんなかわいい女の子の彼氏面して楽しく遊べる。ね、ウィンウィ～ン、でしょ？」

これ見よがしに自分を指さした。

要するに、自分のことをかわいい女の子だと自己認知している、ということ。

前々から思ってたけど、自己肯定感高《たけ》ぇ……。

「自分で言えるその胆力、見習いたいぐらいだよ」

「ふっふー。否定はしないんだね、わたしがかわいいってこと」

してやったりといったドヤ顔を見せてくるノエル。

……俺からはノーコメントだ。

まあ、この『レナ』って冒険者よりノエルのほうがかわいいのは、事実だしな。

「だからさ。試しにやってみよ、迷宮《ダンジョン》配信」

＊　＊　＊

それから二時間後。

行動力の鬼であるノエルに連れられて俺たちがやってきたのは、王都から少し離れた場所にある迷宮の中だ。

「【風景を共有する魔術《クラオ・レグレ》】」

ノエルは、ここへの行きがけに購入したばかりの、配信・撮影用の魔導書を発動させる。

魔導書のタイトルでもある魔術名を口にした途端、魔導書がひとりでに開く。

パラパラとページがめくれ、書き綴《つづ》られている本文——呪文や簡易魔法陣が、淡く光り出した。

まるで一文字一文字、魔法陣の図形に至るまで、魔力が行き渡っているかのように。

やがて、文字を淡く光らせていた光が、宙に集まって光球を作る。

それがぱぁん、と粒子になって弾《はじ》け飛ぶと、一匹の眷属《けんぞく》が現れた。

ひとつ目にコウモリの羽と足を生やしたような小さな眷属だ。

「ん。これで撮影の準備はオッケー」

「企画はどうするの？　やりたいことは決まってるって言ってたけど」

ユフィの疑問はもっともだ。

ノエルの行動力に従うままここまで来たが、俺たちはなにをするか知らされていない。

迷宮までの移動に使った馬車の中で尋ねても、はぐらかされるだけ。

……少しだけ嫌な、というか妙な予感はしていた。

ずっと脳裏に『彼氏役』という言葉がこびりついていたからだ。

「レクス。ちょっとこっち来て」

手招きされる。てか、俺だけ？

ちょっとだけ警戒しながら、ノエルのそばに立った——瞬間。

ガシッと腕に抱きつかれる。

「「——!?」」

この光景を見たアイナとユフィは目を丸くしていた。

それほど驚いてるってことだろうけど、俺も同じ。

「撮影、始めて」

けどそんな俺たちなんて気にも留めず、ノエルは眷属《けんぞく》に声をかける。

羽の生えた目玉が一度瞬《まばた》きをすると、瞳の色が赤色に変わる。

撮影は始まってしまった。

ノエルが俺の腕にギュッと抱きついたまま。

「やほー。みんな観《み》てる～？　はじめましてのほうがいいかな？」

「え、お、おい。なにいきなり始めて……」

「いいから。レクスも挨拶」

ノエルは抱きついたまま、体全体を使って俺を促した。

彼女が体を動かすたびに、二の腕にフニッと柔らかい感覚が伝わってくる。

身長差的にも、それがなんなのかは確認しなくったってわかる。

こんな気まずくギクシャクしちゃいそうな状態で、挨拶だと？

「ど、どうもみなさん。こ、こんにちは……レクス・アーキビャルト、でしゅ」

「あははっ。アーキビャルトでしゅだって。かわい」

恥ずかしっ！　顔あっつ！　思いっきり噛《か》んだ！

けどしかたないだろ。ノエルは旅先でも注目されるレベルの美人。

それでいてスタイルもよく、ほどよい大きさにきれいなお椀《わん》形なんだぞ。

一緒に長いこと旅してきた仲間とはいえ、こういう状況にドキドキしなくなるほど、俺だって淡泊じゃないっての。

「このチャンネルは、わたしたち勇者パーティーがいろんな企画に挑戦するチャンネルだよ。今日のこれが第一弾。いえーい」

俺の腕を抱きながら、眷属《けんぞく》に向かってVサインを突きつけるノエル。

眷属はその足で、開いた状態の【風景を共有する魔術《クラオ・レグレ》】の魔導書を掴《つか》んでいた。

どうやら迷宮《ダンジョン》配信は、視聴者が自由にコメントを残すことができ、それをリアルタイムで確認できるらしい。

【風景を共有する魔術《クラオ・レグレ》】の魔導書内には、その視聴者コメントだけを表示させるページが用意されていて、いま目の前で開かれているページがまさにそれ。

〈マジの勇者パーティーじゃん！〉

〈ノエルちゃんかわいい〉

〈イチャイチャきた！〉

〈付き合ってたの!?〉

横向きのコメントが、下から上にどんどん流れていっている。すごい勢いだ。

なにより……めっちゃ誤解されてる!!

「い、いや、違うんだ。俺とノエルは、別に付き合っては――」

「レクスはね、結構かわいい寝顔してるんだよ。ね？」

〈寝顔……だと!?〉

〈いや待てメンバーみんなで野宿してたころの話かもしれん〉

〈→現実受け止めろ、お前のつけいる隙はない〉

〈好きな人の寝顔ってつい眺めちゃうよね♪〉

さらに誤解が進んでるー!!

一万人近い視聴者の間で、歯止めなく誤解が広がって……。

って、同接一万人超え!?

俺たち勇者パーティーの初配信なのに、もう一万人がこれ観《み》てんの!?

いくら迷宮配信ブームだからって、俺たちが勇者パーティーで知名度あるからって、今日始めたばかりでいきなりこの数字は多すぎだろ……！

「んで、今日の企画だけど」

一方のノエルは、同接数に別段驚いた様子もなく。

眷属に向かってニコニコしながら――さらに俺に密着してきた。

「『勇者パーティーカップル配信』第一弾。ラブラブ迷宮攻略だよ～。いぇい」

「「ら……ラブラブぅ⁉」」

アイナ、ユフィの素っ頓狂な叫びが、迷宮《ダンジョン》の奥まで木霊する。

ほーら、妙な予感的中でした。

＊＊＊

ノエルが意気揚々ととんでもない企画名を口走ってから、三十分。

訳もわからぬまま、俺たちは迷宮を奥へ奥へと進んでいったのだが。

「あ、ゴブリン出てきた。下がってて、レクス。――てや！」

目の前に現れたザコ魔物であるゴブリン相手に、華麗な剣さばきを披露するノエル。

「危なかった。怪我《けが》してない？　安心して、わたしの後ろにいれば絶対安全だから」

「……はぁ」

そんな気の抜けた返事しかできないのは、なんというか、ノエルの様子が微妙におかしいからだった。

実際、前線向きじゃない俺の代わりに戦うのは、ノエルの役割《ロール》だ。結果としていつも守ってくれてはいた。だから、言っていることはなにも間違っていない。

間違ってはいない……けど。さっきから妙にわざとらしさが目立つ。

「さて、と。だいぶ奥まできたし、この辺りでお昼にしよっか。お弁当、わたしが用意してきたの。食べたいでしょ？」

「いやそれ、ここに来る途中に買った市販のお弁と――」

「まあまあまあまあ。細かいことは気にしないでいいから」

俺を遮るノエル。表情は普段通りの爽やか笑顔だが、もしかしたら俺の発言を配信に乗せたくなかったのかもしれない。

「ほら、あーんしてあげる。レクスはなーんにもしなくていいから」

「いや、自分で食えるからいいって……」

ノエルは俺の言葉を無視して、お弁当に付属のスプーンを使っておかずをすくう。

「はい、あーん……」

それを差し出してきたところで、

「……いったん止めるぞ。はい、撮影中止ー」

俺の声に反応したのか、眷属《けんぞく》は撮影を止めて瞳を黒色に戻す。

ノエルは配信がオフだからか、普段通りのケロッとしたテンションで尋ねてきた。

「なんで止めちゃったの？　いい感じに楽しくラブラブに撮れてたのに」

「いきなりこんなん観《み》せられる視聴者の身にもなれって。楽しめるか。混乱の元だろ」

するとノエルは、眷属が掴《つか》んでいる魔導書を指さした。

コメント欄は——え、なんかめっちゃ盛り上がってる。

特に〈ノエルたんとイチャイチャ羨ま〉とか〈そのお弁当俺にも食わせろ！〉とかって
コメントが、圧倒的多数だった。

「楽しんでくれてるよ？　わたしたちがイチャイチャしてる様子。わたしだって楽しい。

これで再生数稼げたら収益にもなる」

「だから一石二鳥、いや三鳥とでも言いたいの？」

「うん」

むふー、じゃないのよ。

「レクスだって楽しかったんじゃないの？　本当は」

「俺は……別に」

「あ、照れてる。かわいい」

「照れてない。どう言葉にしようか考えてただけ」

「こんなかわいい女の子の彼氏役になれてうれしい、って？」

「勝手にねつ造しないで」

するとノエルは、俺の顔を覗《のぞ》き込《こ》んできた。

「じゃあもっとハッキリ、恋人っぽいことしちゃう？」

「やりません！」

なにを言い出すんだ、まったく。

でも、その純粋さしかない眼《まなこ》で見つめられると、心の奥のほうをくすぐられているようでムズムズしちゃうんだよな。

なまじ顔面も強すぎるから、その気がなくとも内心はかき乱され、勘違いしてしまいそうになる。

「だいたい、なんで俺とのカップルなんだ。偽装までしてさ」

すると。

ノエルは、ぽつりと漏らした。

「偽装のつもりはないんだけどなぁ」

「……え？」

スッと身を引いたノエルの声は、さっきまでのからかっているときとは、明らかに違うトーンだった。それが妙に、俺の耳に残ってしまった。

……ノエルのやつ、実はとんでもないことを言ってるんじゃないか？

「じゃあ、どういうつもり――」

「もういいわ。見ていられない」

問いただそうとした俺を遮ったのは、アイナだった。

「ノエルの意図は把握した。けどこれ以上は看過できない」

「だ、だよな。さすがに限度が――」

「鼻の下伸ばした男との配信なんて、ノエルの格が落ちるもの」

「あ、そういう意味でなのね」

いや、まあ、うん。俺なんかじゃ釣り合わないのは納得。異論はない。

けど、鼻の下伸びてたのか？　伸ばしてなかったよ。

……あとで動画確認しよ。

「落ちたりしないよ。レクスは十分ステキ。アイナはレクスを過小評価しすぎ」

「低く見積もってはいない。彼の自己評価を尊重しているだけ」

「そっか。じゃあここがわたしのポジションだって意見も、尊重してほしいかな」

「それとこれとは話が別よ。離れて」

あれ？　なんかめっちゃバチバチしてない？

このふたり、こんなに火花散らすような関係だったっけ。

「ま、まあふたりとも。いったん落ち着こう。な？」

これまでも、そしてこれからも仲良くいたい仲間なんだ。変に険悪になってほしくない。

俺が間に入ると、ふたりは揃《そろ》って俺を見た。

「カップル配信は俺としても抵抗あるしさ。最初はやっぱ、女の子三人が和気あいあいと配信してる様子のほうがウケるんじゃないか？」

視聴者的にもそのほうがいいに決まってる。俺みたいなオスは、女子の中に交ざるよりその辺の壁になってたほうがいい。絶対に観《み》たいものが観られる。

勇者パーティーの美人美女冒険者が楽しく配信してます、ってノリで統一したほうが、コンセプトだってわかりやすいだろうし。

「貴方《あなた》の意見はもっともです。が、そもそもの発想が間違っています」

するとアイナは、ため息をつきながら、

「貴方がノエルの隣にいては、ノエルの格が下がる。だから――」

ノエルと同じように、俺の腕に抱きついてきた。

「あ……貴方は、私の隣で我慢してください」

「はい？　なんて？」

「ですから……貴方程度の人間は、私の隣ぐらいが適正だってことです」

待て待て待て。脳みそが追いついてない。

アイナの突然の言動に、俺は困惑必至。

どういう理屈なんだそれは？　なんでこんな展開になってんだ？

けどアイナは、混乱している俺なんてお構いなしに「撮影再開」と眷属《けんぞく》へ告げる。

「諸事情により中断してましたが、ここからは私と彼のふたりで、『勇者パーティーの迷宮《ダンジョン》攻略ドキドキ密着』をお届けします」

「ちょ、ちょっと待ってアイナ！　お前こそ、なにがした――」

「黙っててくれます？　進行の邪魔です」

「……あい」

ギン、という鋭い目を向けられると、俺もうなにも言えないッス。

「ダラダラと配信していても視聴者さんは見飽きてしまいます。テキパキ進めましょう」

「そうは言うけど、ただ迷宮を攻略するだけじゃないの？」

「無計画に進むのがよくない、と言いたいんです。これを」

言いながら、アイナは俺にメモの書かれた紙を渡してきた。

そして同じ内容が書かれた数倍大きな紙をどこからともなく取り出すと、眷属の目にとまる位置に掲げた。

「カンペです。今日の攻略管理表をまとめました」

準備いいなぁ。さすが根が真面目なアイナだ。

けど感心してる場合じゃないし、そもそもメモの内容がおかしかった。

「戦闘に直接貢献できない貴方《あなた》には、私が防御系魔術を施します。それと、倒れられては困るので昼食も私が用意します。今後、栄養面は私が管理・計算しますから、それだけを食べてください。また、第二階層へ移動の際は私のそばを決して離れないでください。いざというとき守れません。ええ、私が貴方を守るのは仕方なくです。軍師なんですから」

「管理表、細けぇ……」

しかもめっちゃ早口で捲《まく》し立《た》てられた。

「貴方のようなダメ人間は、誰かが管理しなくてはまともに動けないでしょう？　だからこそ私が特別に、仕方なく、世話をしてあげるしかないってことです。従えますよね？」

ノーとは言えない圧に屈して、俺は躊躇《ためら》いがちに頷《うなず》く。

果たしてアイナのそれはカップル配信なんだろうか、と疑問には思いつつ。

もうここまできたら、あとはなるようになれだと無理やり納得した……にも拘《かか》わらず。

「管理とか堅っ苦しいの、求めてないんじゃないかな、視聴者」

アイナとは逆方向の腕に抱きついてくるノエル。

「もっと恋人らしいことしよ。休憩がてら耳掃除してあげる。膝枕つきで」

「そうやって甘やかすから、どんどんこの人がダメ人間になるってわからない？」

えーん。なんでふたりはこんな喧嘩《けんか》っぽい感じになっちゃってんの。

一部だけしか観《み》たことない俺でもわかるよ、こんなのカップル配信じゃないよ絶対。

……ん？　ふたり？

そういえば、この輪に入っていないメンバーがひとりいるような。

「もう、ふたりとも！　引っ張り合ってたらレクスくん困るでしょ！」

ぴょこんと目の前に現れたのは、まさにその入っていなかったメンバーのユフィだ。

さすが最年長。ちゃんと締めるべきところを締めようとしてくれているらし――、

「真っ二つに千切れちゃったらどうするの？」

「そういう問題じゃないけどな？」

人間、引っ張っただけでそう簡単に千切れてたまるか。

「確かに……。ここでこの人を引っ張り合ってても、話は先に進みませんね」

「でしょ？　だからふたりはまず、話し合って仲直りすること」

アイナは渋々といった様子で俺から離れる。それを見てノエルも大人しく引き下がった。

よかった。これで一触即発な状況も一段落するだろう。

……と、思っていたのだが。

「レクスくんはその間に、あたしと奥に進もう♪」

「「――は？」」

ノエルとアイナから、聞いたこともないような重たい声が発せられる。

聞こえてないはずはないんだろうけど、ユフィは気にせず俺の手を握り、ぐいぐいと引

っ張っていく。

「これでも戦士だもん。レクスくんのことは、お姉さんがちゃんと守ってあげる」

ズズッと地面に引きずりつつ構えたのは、身の丈ほどもある戦斧《せんぷ》だ。

その巨大さ故、攻防どちらにも使える万能武器。ただ取り扱うには相応の筋力がいる、大味な武器でもある。

それを軽々と使いこなせるユフィは、確かに戦士として超優秀だ。

ただ……。

「それこそ、お互いお爺《じい》ちゃんお婆《ばあ》ちゃんになっても……ううん、死ぬまで……いや転生してからも、ずっとずっとずーっと……『来世もズッ友チャレンジ』ってことで――」

「「待て待て待て待て」」

ユフィの肩をガッと押さえたのは、ノエルとアイナだ。

よかった、止めてくれて。

妙に重たすぎるユフィのセリフに、心身共に押しつぶされるところだった。

「ズルくない？　抜け駆けは」

「よくもまあ、いけしゃあしゃあと」

「い、いいじゃん！　あたしだって輪に入りたいんだからぁ！」

言いながら、今度はユフィが俺の腕にしがみついてくる。

彼女の大きくて柔らかい双丘に、腕がすっぽりムニッと埋まってしまった。

センシティブ判定、大丈夫？　配信的に、これセーフ？

「だからって、漁夫の利めっちゃさらうじゃん」

「一番大人げないわね。一番年上のくせに」

「と、年は関係ないじゃん！　うぅ……気にしてるのにぃ！」

あーあ、またギスギスと鬱々が始まっちゃったよ。

楽しい配信にするためにも、とりあえず止めなきゃ……と思ったときだ。

目の前でバチバチしているノエルたち越しに、なにかが動くのが見えた。

三メートルほどのクマのような魔物――ケイヴベアだ。物音で引き寄せられたか。

けど好都合。さすがに戦闘ともなれば、いがみ合いも中断させられる。そのために利用させてもらおう。

「なあ、三人とも。そこに魔物が――」


「「「今はそれどころじゃない！」」」


ずがあああああん!!!

バッチリ声を揃《そろ》えた三人が、同時に、瞬時に、魔物を攻撃した。

ノエルは神速の刺突を。

アイナは火炎系魔術を。

ユフィは怪力な一撃を。

ついさっきまでそこに視認できていたケイヴベアは、肉片ひとつ残さず消滅した。

……えっぐぅ。

「ともかく。最初のカップル配信はわたしとレクスでするから」

「いいえ。初回はデータ分析も兼ねて私と行います」

「ね、年齢イジるなら年功序列でいいじゃん！　あたしが先！」

魔物がどうこうより優先度高いカップル配信争奪戦ってなんなん。

三人の思考が異次元すぎて怖いのか、妙に体が震えて……、

「……ん？」

「どうしたの、レクス？」

「いや、なんか揺れてるなって」

最初は体の震えかと思ったが、明らかに違った。

足下からグラグラと揺れが大きくなる感覚。

まさかこれ――崩落の前兆か!?

「まずい！　みんな、いったん外に――」

出よう、と叫ぶよりも早く。

いっそう揺れが激しくなり、地面がべこべこと陥没していった。

その速度たるや、気づいたときには床が溶けてなくなったかのよう。

踏ん張るための足場は、あっという間に崩れてしまっていた。

「くっ……」

つかまれそうな場所もない。

すぐさま俺は、落ちること前提に思考を切り替える。

「全員、防御態勢！」

「おっと……」

「くぅ……！」

「ひゃあぁ！」

お互いの悲鳴は崩落の轟音《ごうおん》にあっけなくかき消され。

俺たちは暗闇の奈落に落ちていってしまった。

【ＳＩＤＥ：ノエル】

ズキズキする全身の痛みが、わたしの目を覚まさせた。

なにが起こったのか思い出す。

そうだ、わたしたち、迷宮《ダンジョン》の崩落に巻き込まれて落っこちたんだった。

体を起こすため地面に手をつこうとして、ふと違和感を覚える。

わたしの下に、なにかある。というか、居る。でも暗くてよく見えない。

少し慣れてきてから目をこらす。

レクスだった。

わたしの下で仰向《あおむ》けになって倒れていた。

「レクス？　大丈夫？」

「……う……ん……」

呼びかけには応じてくれた。意識はあるみたいだ。

レクスはゆっくりと目を開けた。

目と鼻の先にいる彼の覚醒に、まずはホッとした。

「……大丈夫……か？」

「わたしより自分の心配しよ。動く？　体」

「……ああ。大丈夫。ちゃんと感覚ある。ていうか全身痛い」

安心した。わたしは体を起こすと、レクスの隣に膝をついた。

上体を起こそうとする彼を手伝ってあげる。強く痛がっている様子はない。骨折はしてなさそう。打撲ぐらいだろうか。

「ノエルは……さすがだな。大丈夫そうだ。けど念のため【神の御心《ヒール》】かける」

【神の御心】――魔術と違って、僧侶にしか使えない癒やしの術。

レクスは自分の役割《ロール》に従って提案してくれている。

けどどう見たってわたしより重傷なのはレクスだ。

「先に自分にかけて。あとでいいよ、わたしは」

「けど……」

「いいから」

渋々といった様子で、レクスは自分の体に手を添える。

「聖なる光よ……全ての痛みを癒やし、心に平穏と温《ぬく》もりを与え給《たま》え――【神の御心】」

柔らかな光がレクスを包む。体中の擦り傷がたちどころに治っていく。

痛みに悶《もだ》えていたような表情もやわらぎ、いつものレクスの顔に戻っていた。

そして自分が終わると、わたしの手を取り同じように【神の御心】をかけてくれた。

お互い傷を癒やし落ち着いたところで、改めて状況を整理する。

「どのぐらい落ちたんだ、俺たち」

「さあ。でも最下層じゃない？　上の様子も全然見えないし。たぶん」

「そうか……。とにかく、歩けるなら移動しよう。アイナとユフィも探さないと」

レクスは立ち上がると、辺りを見回した。わたしも同じようにする。

道らしい道はふさがってしまっていた。崩落の影響だ。

ただ一箇所、通路に続いていそうな穴を見つけた。

「ねえ。こっち、出口かな」

「わからん。むしろ奥に続いてる可能性のほうが高そうだ」

確かに。言われてみると風が吹いていない。

外へ続く通路なら、微《かす》かに風の流れを感じ取れるんだけど、こっちはそういうのがない。

「……いるよね、主《ぬし》」

「そりゃあ、いるだろうな」

どこの迷宮《ダンジョン》にも、最奥部には『主』って呼ばれる強い魔物が巣くっている。

すでに攻略済みの迷宮でもそれは同様。

迷宮の中に澱《よど》む魔力――滞留魔力が、迷い込んだ動物や自生する植物、魔物の死骸なんかに作用して、主を再生させてしまう……んだったかな、確か。

等級の低い迷宮とはいえ、なにが待ち受けてるかわからない以上、後衛なしの前衛わたしひとり、っていうのは油断できない。

でも、心配はしていない。

だって、レクスがいるからね。

「どのみち、進むしかなさそうだな」

「うん。あ、でもちょっと待って」

言って、わたしは頭上の空洞に向けて声を張る。

「アイナ～。ユフィ～。いる～？」

木霊する声。すると、微《かす》かに反応があった。

「聞こえるよ～！　アイナも一緒～！　そっちは大丈夫～？」

遠くから聞こえてきたのはユフィの声だ。

分断はされているけど、迷宮《ダンジョン》のどこかには、まだいるっぽい。

「怪我《けが》は大丈夫～。そっちは～？」

「軽傷だから平気～！　どうする～？　上戻る～？」

「戻れそうなら戻っててくれ！　俺たちはこのまま奥に進む！　主《ぬし》倒して転移魔法陣使ったほうが早そうだ！」

と、さっきまで円滑だったやりとりが急に止まる。

返ってきたのは、

「え、レクスくん一緒なの!?　ふたりきり!?」

ユフィの素っ頓狂な驚き声だった。

「ああ！　心配しなくていいよ！　上で合流しよう！」

「いや、待って！　あたしたちもそっちに……あ、ちょっとアイナ！　そんな急いでどこに……え、早く下りる!?　ま、待って置いてかないで～！」

「いや、下りてこないでいいから！　地上に戻ってろって！」

レクスの叫びはむなしく木霊するだけ。そして案の定、返事はない。

「……なに考えてんだ？」

「さあ？」

ふたりきりなのをいいことにわたしが抜け駆けしそう、とか思ってるんだろうな。

けど、状況が状況。優先順位は間違えないよ。

「ふたりとも強いし大丈夫でしょ。ほら、早く行こ」

レクスの腕を取る。離れないよう、密着して。

「なにそのピクニックにでも行くようなノリ」

「あはは、確かに。そういえば、したことなかったよね、ピクニック。ふたりきりでさ」

「いつも四人で行動してたしな。てか旅そのものがピクニック味あったし」

「じゃあ、いまが初ふたりきりのピクニックだ」

「いやいや。状況的にそんなお気楽な感じじゃなくない？」

「気にしない気にしない。ポジティブに楽しまないと。どんな状況もさね、間違えてないでしょ？　優先順位。」

＊　＊　＊

――などと考えているんだろう、ノエルは。

そんな焦りが燻《くすぶ》って、アイナの足を動かす。

崩落を免れている通路を、奥へ向けてひたすら進もうとする。

「待ってよアイナ～！　これ以上進むのはさすがに危ないよぉぉ～！」

「く……っ。は、放して……！」

……が、怪力なユフィに体を引っ張られ、一歩たりとも前に進めずにいた。

先ほどからアイナの靴は、ズリズリと地面を擦《こす》るだけ。

それでもなおアイナは、んぎぎぎ……と全身に力を込める。

「ユフィは平気なの、この状況？」

「そりゃあ気にはなるよ。好きな人が恋敵とふたりきりなんだもん。けど……」

「そうでしょう？　そうよね？　なら、早く追いつかないと」

アイナは魔導書をしまってあるカバンを取り出し、中を漁《あさ》り始める。

「魔導書のストックに使えそうな魔術ってなかったかしら。【大きな縦穴を掘る魔術】とか、【土壁を泥に変える魔術】とか……！」

「そんなの使ったら余計崩れるってばぁ！」

ポンコツ気味のアイナに思わずツッコんでしまったユフィ。

確かに、想《おも》い人であるレクスがノエルとふたりきりで、かつ物理的に分断されている状況は、心中穏やかではない。

だがそれ以上に、友達が正気を失った目で魔導書を探していたら、心配のほうが勝ってしまったのだ。

「闇雲に進んでこっちが遭難したら、元も子もないでしょ。アプローチするチャンスも余計なくなるんだよ？」

「は……っ」

ユフィの正論に、アイナはようやく元来の冷静さ——というか正気を取り戻した。

「……ごめんなさい。ユフィの言うとおりね」

「ふふっ、気にしないの。こういうときこそ、お姉さんが引っ張ってあげないとね」

状況が状況だからか、アイナはアドレナリンが過剰分泌していたらしい。

ユフィの頼もしい破顔に、アイナも柔らかく笑う。

「さっ、あたしたちは上に戻ろう。レクスくんたちの帰りを待って、夜になっても動きがなかったら冒険者協会に応援要請して……」

今後の行動を確認するよう口に出しながら、ユフィは来た道を戻り始める。

そのあとをついていこうとして——不意にアイナは足を止める。

もしかしたら迷宮《ダンジョン》の奥へ続いているかもしれない、暗い洞窟の先。

そのさらに向こうを見据え、

「アーイーナー？」

「わ、わかったから。上戻るから……っ！」

ユフィにガシッと肩を掴《つか》まれる。

こっそりユフィを撒《ま》こうとしていたって、なんでバレたんだろう……と残念な気持ちでいっぱいになるアイナだった。

＊　＊　＊

迷宮の最奥部は、大きなドーム状の空洞になっていた。

ちょっとだけ懐かしい。レクスたちといまのパーティーを組んでから、初めて倒したのがここの主《ぬし》だったっけ。

「……懐かしいな」

どうやらレクスも同じように懐かしんでくれていたみたい。

同じ思い出を共有してるって、なんかいいな。うれしい。

「前来たときは、オーガだったたよね。それも、めっちゃでっかいの」

「ああ。パーティー組みたてだったから、なかなか骨の折れる主だったよ」

「あれ？　そうだったっけ？」

「そうだよ。全然連携がうまくいかなくてさ。ノエルが強いから勝てたようなもん」

「そうだったんだ。さすがわたし」

わたしは昔から、剣の才能は誰よりもあった。

地方領主の娘――いわゆる貴族令嬢のくせに、体動かすことばっかり好きだった。

剣術の師範《せんせい》が教えに来てくれる習い事の日を、なにより心待ちにしていた。

だって『楽しかった』から。

逆に礼儀作法とか堅苦しいドレスの着付けとか、面倒なことからはひたすら逃げてた。

だって『楽しくなかった』から。

やがて師範がわたしに勝てなくなってくると、みんなわたしに期待するようになった。

わたしも応えるためにがんばった。褒めてもらいたくて結果も出した。

でも気づいたらみんな、わたしのことをこう評価するようになった。

天才なんだし、できて当たり前じゃん……って。

同世代からは嫉妬までされて、息苦しくもなって。

期待するだけバカを見るんだな、って理解した。

だからやめた。期待することも、求められたことを期待通りにこなすのも。

自分の興味あることだけ、『楽しそう』って思えることだけを、自由気ままに楽しむことにしたんだ。たとえそれが、どれほど突拍子もないことだとしても。

「いまはなにがいるんだろうね、主《ぬし》」

「なんでワクワクしてんの」

「えー、だって楽しくない？　なにが出てくるのか、なにと戦うのか、どう戦うのか。楽しいじゃん、そういうの考えるの」

「僧侶の俺に同意を求められてもなぁ」

笑いながら肩をすくめるレクス。

そして、言った。

「でもまあ、確かに。ノエルと一緒なら、楽しいかな」

「……っ」

ほら、もう。そういうとこなんだよ、レクス。

そういうことをずっとずっとずっと言ってくれるから、好きになっちゃったんだよ。

そりゃあレクスもたまに、わたしのことを『突拍子もない』って言うよ？

けど絶対に否定はしない。『それもノエルのいいところだよな』って受け入れてくれる。

初めてだったんだ。ありのままのわたしを受け止めてくれる人が。

同じ目線に立っていろんなことを楽しんでくれる人が。

こんなにも居心地のいい場所があるんだって思えたのが。

広いようで狭い領地《世界》では得られなかったそれが、ただただうれしかった。

自分の価値観を尊重してもらえる生活が、なんて幸せで心地いいんだって痛感した。

彼の隣は、世界で一番自由で、安らげる居場所。

だからわたしは、レクスの隣にいたい。わたしだけの居場所にしたくなるの。

「……ふふっ」

「どうした、急に笑って」

「ううん、なんでもな～い」

彼とふたりきり。改めてそれがうれしくて、ウキウキしてしまった。

けど、突如ヒリッとした空気を感じて、気持ちを切り替える。

「……来たな」

「うん」

ドームの中央。魔法陣が薄ぼんやりと輝き始めた。

たちまち、周囲の魔力が渦を巻いて集まり出す。本来は目に見えない魔力も、あまりにも濃度が高いからか、不気味なほどに真っ黒で。

やがて黒い靄《もや》の中に、ぎろりと瞬く二つの光が生まれて。

その二つの点が、のっそりと起き上がるように高く高く上ったのと同時、靄が散る。

目の前に現れたのは、全身を岩で構築された巨人——ゴーレムだった。

「……でかいな」

「でっかいね」

ゴーレムって言っても、大きさとか構成する素材はさまざま。

岩の固まりのゴーレムは一番ベーシックなタイプで、普通なら三メートルぐらいのはず。

だけど目の前のやつはその五倍はある。

レクスとふたり、見上げながら呆気《あっけ》にとられてしまう。

「どうする？」

「どうするもこうするも、戦うしかないだろ」

「うん。じゃあ——どうしたらいい、わたし？」

問うと、レクスは目を細め顎に手を添えた。

これだ。この状態だ。レクスがすごくなる瞬間は。

俺なんて……って卑下してばっかなレクスの本領が、発揮される瞬間。

「五秒後――来るぞ」

レクスが言うと同時、わたしは剣を抜いて構えた。

ほぼ同じタイミングで、ゴーレムはその巨大な腕を振り上げた。

レクスの予想、ドンピシャだ。

「右に三メートル、ステップ。跳躍して肩に着地」

「ん、了解」

少し後ろに下がりながら出したレクスの指示通り、わたしは右横に跳ぶ。

同時に振り下ろされたゴーレムの腕は、さっきまでわたしの居た場所を叩《たた》き潰す。

もしその場にとどまっていたり、三メートル未満の位置にいたら、潰されていたな。

攻撃のあとの隙を突いて、わたしは跳躍する。

「着地したら十秒待機。足下滑るぞ、気をつけて」

レクスの指示を聞きながら、ゴーレムの肩に着地する。

あ、本当だ。意外に滑る、この肩。岩と岩の付け根に剣を刺して支えにする。

レクスが教えてくれてなかったら、ちょっと油断してたかも。

しかもゴーレムは、肩に乗ったわたしが鬱陶しいのか、体をぐわんぐわん揺らしながら振り落とそうとしてくる。

でも問題ない。剣を刺しておけば、十秒耐えられる。

「急所見せるぞ。５、４」

「３、２」

「「――１」」

わたしとレクスのカウントダウンが、ピッタリ重なった次の瞬間。

ゴーレムは全身の岩の連結を解いた。

いつまで経《た》っても落ちないわたしに業を煮やして、体の形を変えようとしているんだ。

でも、それこそレクスの言うとおりだった。

人でいう心臓あたりの位置。岩に重なって隠れていた黒い核が露出した。

レクスの指示通り、わたしが肩に着地してから、ピッタリ十秒後に。

「――シッ!!」

鋭いひと突きで核を貫く。鉱石でできた核は、切っ先の触れている部分からヒビを走らせ、一瞬で砕け散る。

核を失ったゴーレムは、作り替える途中だった体をゴロゴロと地面に転がしていく。

残ったのは、ごつい岩の山だけ。

あっけないほど簡単に、主《ぬし》の攻略完了だ。

「さすがノエル。正確無比のひと突きだったな」

剣を鞘《さや》に収めていると、レクスは自分事みたくうれしそうに褒めてくれた。

「ふふっ。ありがと。レクスの分析も的確だったよ」

「別に大したことじゃない。分析できたってノエルがいなきゃ勝負になってないし」

また卑下して。レクスはほんと、自分がいかにすごいかわかってないなぁ。

膨大な知識と熟練の観察眼で、相手の些細《ささい》な挙動から数手先の動きを読み切る分析力。

それがどれだけすごいことかわかってないんだから、ある意味ですごいよ。

わたしたちが魔王討伐できたのは、レクスの、軍師として高い能力のおかげでもある。

彼がいつどこで、どんなふうに身につけた分析力なのか、実はよく知らない。

けどレクスが僧侶兼軍師として、このパーティーになくてはならない理由だ。

「わたしも、気持ちよく戦えた。レクスの指示のおかげで」

あれだけ他人に指図される不自由さを嫌っていたのに。

従ったって評価されない社会や他人に、期待するのをやめたのに。

レクスだけは違ったんだ。指図の質が全然。

わたしのしたい動きや、やりやすい動きに合わせてくれる。

終わったら褒めてもくれる。褒めてもらえることを、つい期待しちゃう。

だから、この一言に尽きる。

「やっぱ――」

「やっぱ相性いいのかな、俺たち」

レクスは言った。

わたしより先に、わたしの思いと同じことを。

「……え？」

「なーんて、指示出してただけのくせに、なに言ってんだかって話だけどな」

レクスはそう、照れくさそうに卑下して笑うけど。

わたしは、うれしかったんだ。同じことを考えてくれていたことが。

同じ価値観でものを見て、感じて、感想を共有できる。

それにどれだけ、わたしの心が救われてきたか。

「そんなことない」

そういう、一緒にいて楽しくて気持ちのいい相手。

だからこれからも、一緒にいたいって思えるの。

好きになるには、十分すぎる理由でしょ？

「そんなこと、ないよ」

「そ、そうか？　ならいいんだけど」

余計なこと言いすぎたかなぁ、みたいな顔してちょっと赤くなってる、レクスの向こう側で。沈黙していた転移魔法陣が輝き出すのが見えた。

起動した証《あかし》だ。よかった。これで地上に帰れる。

でも正直言うと、ちょっと寂しさもある。

転移したらもうこのドキドキを、簡単には独り占めできなくなるから。

だから——。

「……魔法陣、先にレクスが使いなよ」

「え？　一緒に帰ればいいじゃん」

「もしかしたら、アイナたちが遅れてここ来るかもしれない。地上戻ってるかもだけど。

とりあえず五分だけ様子見する」

「なら俺も——」

「いいから。ここに残るほうが危険だし」

戦闘になっちゃったら、戦う術《すべ》を持ってないレクスはわたしよりか弱いからね。

——っていう言い訳を、用意したいから。

レクスは「わかった」って頷《うなず》いて、魔法陣を踏む。

「配信のつもりが、とんでもないことになっちゃったな」

魔法陣の光が徐々に強くなっていく中で、レクスはわたしにそう言ってくれた。

気を遣ってくれてるんだろう。うれしいなぁ、そういう一言。

うれしかったから、わたしは精一杯の笑顔で答える。

「でも、楽しかったよ。わたしたちらしい冒険だったじゃんね」

「確かに」

はにかんで微笑《ほほえ》むレクスに、心臓が強く脈打つ。

その鼓動に押し出されるように、

「ねえ、レクス」

「うん？」

「好――」

溢《あふ》れ出た言葉は、けど、レクスに届かない。

「――きだよ」

届く前に、レクスは転移してしまったから。

さっきまでレクスがいた場所には、転移が働いたときの光の粒が薄《うっす》らと舞っているだけ。

情けないな、わたし。

体のいい言い訳で先に転移するよう促して。

聞こえてたらあとがなくなって、聞こえてなかったら猶予が残る。

そんな逃げの戦略をとらなきゃ、たった二文字の本音すら言葉にできないんだから。

……五分で足りるかな、平常心取り戻すのに。

♀♀♀　↓　♂

俺たちの迷宮《ダンジョン》配信、もとい迷宮攻略の翌日。

昼頃になってリビングに集まりだした俺、ノエル、アイナとで、昨日の配信映像を見てみることにした。

アクシデントもあり途中で配信はストップしてしまったが、アカシックレコードに残る設定にしていたらしい。

もし好評ならコメントもついているだろうとのこと。

今後も撮影や配信を続けていくのか、続けるとしたらどういう内容にするのか。

コメントを基に考えよう、というのが今日の趣旨だ。

ちなみにユフィは、俺たちが起きたときにはもう出かけていた。

買い物かなにかだろうと、特に心配も詮索もしていない。

「いい？　流すよ」

ノエルは【アカシックレコードを覗く魔術《ディア・ルンフィ》】を起動させる。

やがて魔導書の文字列が淡く光り、魔導書上にフォン……と映像が投影された。

「さて、わたしたちの映像は……」

指先の動きに合わせて、映像一覧が縦にスライドされていく。

その中に、なんとも目にとまる表紙《サムネイル》の映像があった。

「【今日もいっぱい〇〇しよ　勇者パーティー秘密の逢瀬《おうせ》】？」

「品のないタイトルね」

「配信とか撮影に品性を求めるのはナンセンスなんだって。他の配信者が言ってた」

まあ、言わんとすることはわかる。

人の目にとまる情報はいつだって、品がなくセンセーショナルなものばかりだし。

再生数を稼ぐため品性を捨てるようになるのは、自然なことなんだろう。

ノエルはさっそく映像を再生し始める。

彼女の普段通りな挨拶に始まり、俺の激噛《か》みした挨拶が流れる。

「恥ずかしっ！」

「……ぷふっ」

「あ、珍し。アイナが笑った」

「思っていた以上に……貴方《あなた》の顔が間抜けで……ふふっ」

いいよいいよ。笑えよ。笑われて当然の間抜け面なんだから。

「再生数はまあまあかな。でもコメントは結構来てる。案外うれしいね」

言いながら、ノエルはコメントに目を走らせる。

せっかくならと、どんなコメントなのかチェックしようとした……そのとき。

――ブツン
「……あれ？　急に映像が」

いままさに、映像が消えた。

というか、俺たちのチャンネルページそのものがなくなっているっぽい。

真っ黒な再生画面にはこう書かれていた。

『過度に卑猥《ひわい》な音声を検出したため、規定により保存者権利《アカウント》を削除《BAN》しました』

「保存者権利の削除ってことは、もう利用できないってことですよね」

「ていうか、なに？　過度に卑猥な声って。そんなの出してないよね、わたしたち」

不思議そうに俺のほうを見るノエル。俺も肩をすくめる以外、返しようがない。

すると、画面上に一件の通知が入ってきた。

どうやら、削除の原因となった映像を親切にも教えてくれるらしい。

俺たち三人は一度顔を見合わせてから、それを再生してみた。


そして、削除されたことに納得するに至る。

『みなさん、こんにちは！　勇者パーティーのお姉さん、ユフィだよ♪』

流れ始めた映像には、普段の冒険者姿のユフィが映っている。

普段使っている戦斧《せんぷ》よりも小さい、ごく一般的な斧《おの》を持って林の中に立っていた。

たぶん、この辺の郊外の林だろう。だから今ここにいないのか、あいつ。

『今日は、昨日の配信でお疲れなレクスくんたちのために、薪割《まきわ》りがんばりまーす！　これでも戦士だからね。斧で薪を割るコツ、伝授できちゃうの。すごいでしょ！』

うん、すごいよ。確かにユフィはすごい。

眷属《カメラ》の前だからって怖《お》じ気《け》づくこともなく、配信者らしいノリで映像撮れてるもん。

ただ問題は、ここから先に待っていた。

『じゃあ、さっそく始めるね。コツとしては、焦らないこと。ん～……っはい♡』

ユフィは斧をまっすぐ振り下ろした。

薪はきれいに分断され、細く扱いやすいサイズになった。

コツを伝授できると豪語するだけあって、確かにユフィの薪割りは上手だ。

ただ……。

『はい、すった～ん♡　はい、すった～ん♡　リズムよく～……はい、すった～ん♡』

斧を振るたび、やたら卑猥なかけ声が漏れ出ていた。

やっていることは決していかがわしくない。大真面目に、薪割りのコツを伝授しようとしてくれている。

ただ彼女なりの呼吸法なのかリズム取りなのかはわからないけど、力んで斧《おの》を振って力が抜けて……の一連に強い色気が乗っかってしまっていた。

ユフィ本人も、自分の声がどう眷属《けんぞく》に拾われているか判断できていないんだろう。

「……どうしよう、すごく嫌な予感がします」

アイナのボソッとしたつぶやきに、俺とノエルも無言で頷《うなず》くことしかできなかった。

できればその予感は杞憂《きゆう》であってくれ、頼む……！

という願いもむなしく。悪い予想というのは、遠からず的中するもので。

『はい、すった——あぁぁん♡　斧が引っかかっちゃっ——』

一撃で薪《まき》を割りきれず、勢い余って吐息多めな声が漏れた瞬間、映像がブツッと切れてしまった。

どうやらこの映像の音声がセンシティブ判定を食らってしまい、この保存者権利《アカウント》は削除《BAN》されたらしい。

「「「………」」」

俺たち三人、絶句でしかなかった。

きっと、同じことを思っているに違いない。

なにしとんねん、最年長！

「はぁ……。とりあえず、ユフィ探しに行こう。絶対病んでる」

「珍しく意見が合いましたね。場所には心当たりがあります」

俺とアイナはすっくと立ち上がる。

起きちまったことは仕方がない。

だがさすがに注意してやらないと。見なかったフリをするのはあいつのためにならん。

「ほら、ノエルも行こう」

「は～い。ま、残念だね。保存者権利なくなっちゃったのは」

そりゃあ、迷宮《ダンジョン》配信や撮影を一番やりたがっていたのは、ノエルだったからな。

権利削除ということは、基本的にはもう、同じ保存者名で撮影や配信はできないわけで。

ただ裏を返せば、

「同じ保存者名を使わないのなら、やりようはあるんじゃね？」

「……あ、確かに」

その発想はなかった、と言わんばかりに目を丸くするノエル。

「まぁ、でも――」

ノエルは、なぜか俺のそばにやってきて、アイナの目を盗んで耳打ちしてきた。

「レクスと一緒に撮れて、うれしかったから。今回はそれで満足」

体を離すと、ノエルはにししと笑った。

「そういうもんなの？　それともレクス、楽しくなっちゃってた？　もっと撮りたい？」

するとノエルはむふーと笑って、

「じゃあ次は、ホントのカップルになって撮ろっか」

突然の耳打ちに驚き、俺は「はぁ!?」と声を上げてしまった。

「変な冗談言うなよ」

「冗談……かぁ。そっかぁ」

「なに？　なんだよ」

「なーんにもっ」

ノエルは微笑《ほほえ》んだまま、フイッと顔を逸《そ》らした。

なんだよ。冗談って思われたことが不服みたいに。いつもの冗談なんだろ？

昨日の転移直前といい、ノエルのやつ、妙に意味ありげな態度が……あっ。

「そういえばさ。昨日、迷宮《ダンジョン》の去り際になにか言いかけなかった？」

なにか口にした瞬間に転移しちゃって、『す――』しか聞こえてなかったんだっけ。

するとノエルは、ちょっとだけ肩をビクつかせ、一瞬目を伏せ。

「あー、あれね。あれは……」

けどすぐに、いつものカラッとした笑顔に戻り、言った。

「すっ――ごい楽しかったよ、ってこと」

【第三章】 シニカル魔導師は恋心を拗《こじ》らせすぎている

「バイトを探しに行ってきます」

迷宮《ダンジョン》配信の保存者権利《アカウント》が削除《BAN》された日から数日後の、今日。

朝食を終えリビングでのんびりしていると、唐突にアイナが言った。

突然の宣言に、その場にいた俺、ノエル、ユフィは思わずポカンとなってしまう。

「……さすがにいってらっしゃいの一言もないと、イラッとしますね」

「ああ、ごめん！　いってらっしゃい」

ジトッとした目を向けられ、俺は慌ててソファから起き上がる。

アイナの言うことは正論だ。彼女がバイトを探しに行くのは、俺を養うため。

彼女たちの厚意でヒモを満喫しているとはいえ、あまりに厚かましすぎた。

そんな負い目があるからだろうか。

「俺もついていこうか？」

「……なぜ？」

そう首をかしげるアイナは、心底疑問に感じているようだった。

「いや、ひとりで行かせるのも申し訳ないなって……」

「貴方《あなた》をヒモにすると決めたのは私たちです。気にしすぎでは」

「そうだよ、レクスくんはゆっくり休んでなよ。疲れちゃうよ？」

「そういうユフィは休みすぎよ。貴女《あなた》もバイト探す側でしょう」

ぐうの音も出ない正論ツッコミに、床のカーペットに寝転んでいたユフィは「ぐぅ……」と漏らした。

「じゃあ、わたしたち三人で行ってこよっか、せっかくだし」

ノエルはそう提案しながら、ソファから立ち上がる。

「レクスはお留守番お願いしていい？」

「ああ、構わないけど……」

「ん、じゃあ決まり。ほら、ユフィも起きる」

「は〜い」

のそっと起き上がったユフィ含む三人は、そのまま「行ってきまーす」と玄関のほうへ向かった。

広いリビングに、ポツンと俺ひとり。

魔王討伐をがんばりすぎて働く意欲のない俺を、三人はヒモにしてくれた。

こののんびりとした時間は、俺が自由に消化していい猶予期間《モラトリアム》だ。

心の英気を養うための時間でもある……はずなのに。

「なんか………寂しいな」

無意識に漏れ出ていた言葉に弾《はじ》かれたように、俺は玄関へ小走りに向かった。

玄関先ではいままさに、アイナたちが出発しようとしていたところだった。

「待って、やっぱ俺も行く」

引き留めると、三人は揃《そろ》って俺のほうを振り返った。

俺を不思議そうに見ながら、アイナが言った。

「貴方《あなた》がバイトするわけじゃないんですから、来る必要ないと思いますけど」

「かもしんないけど……みんなと一緒にいたいんだよ」

「「「――っ！」」」

この大きな家にひとり留守番は、たった一時だとしても、申し訳なさと寂しさで潰されそうだしな。

するとアイナは、小さく息を吐いた。

「ま、まあ……勝手にしたらどうです？」

そう答えたアイナの耳は、心なしか赤くなっているように見えた。

＊　＊　＊

そんなこんなでやってきたのは、冒険者協会だ。

協会のドアを開くや、あちこちから飛んできた「え、本物の勇者パーティー？」「あいつらが魔王を……」みたいな視線と声を通り抜け。

勇者パーティーが仕事をもらいに来たことにギョッとしている受付嬢に事情を説明し、持ってきてくれた仕事というのが――、

「魔導書作り体験会の、特別講師？」

アイナは言いながら、依頼書を手に取った。

「王都内の魔導書工房からのご依頼です。魔導書作家の後進育成の一環で、十五歳以上の一般人や冒険者を対象に魔導書作製の工程を体験してもらう。その講師の募集ですね」

俺たちの生活に欠かせなくなっている魔導書は、既存の魔導書の増刷だけでなく、いまなお新しい本や、かつて使われていた魔術の加筆修正版《ブラッシュアップ》が日々製作されている。

魔導書工房はその現場だ。

お抱えの、あるいは業務委託契約の魔導書作家が、魔導書の要である本文……呪文や簡易魔法陣を執筆。

さらには、そうやって書かれた魔導書の製本も行っている。

業界を維持、発展させるためにも、興味がある人を惹《ひ》きつけ人材を発掘するのは大事だ。

この体験会は、その点で意義のある取り組みなんだろう。

しかも勇者パーティー《う ち》には、講師として適任中の適任者もいる。

「おもしろそうじゃん。アイナ、請けてみたら？」

そう勧めるが、アイナは渋っている様子だった。

「報酬、けっして高くはないですよ？　しかも短期の仕事ですし」

「でも絶対アイナに合ってる仕事じゃん。アイナだからこそ務まるっていうか」

するとアイナは、一瞬目を見開き、けどすぐにムッとした顔つきになる。

「私のなにを知っているというんですか。適当なことを言って……」

「そうか？　適材適所だと思うけど」

アイナはなんだか納得していない様子だった。

うーん……こっちの意図や思いを正しく伝えるって、やっぱ難しいな。

どうしたもんかと考えていたら、ノエルとユフィがヌッと身を乗り出してきた。

「じゃあ、わたしが教えようかな。魔導書作り」

「あっ、ズルい。あたしも教える～♪」

依頼書を見るや、なぜか教える気満々になっているふたり。

ふと、素朴な疑問が浮かんだ。

「ふたりって魔導書書けたの？」

「ううん、全然」

「じゃあダメじゃん」

その即答ぶりでよく講師側やるなんて言い出せたな。

「でも請ける気ないんでしょ、アイナ。ならわたしが引き受けてもいいよね？」

「書けるかはわからないけど、書いてる人は近くで見てきたし。たぶん大丈夫！」

「なにも大丈夫じゃないだろ、そのレベルは」

そんなノリで書けるなら、体験会の需要はそもそも生まれないだろ。

「んでさ、レクスは体験会のほうに参加しなよ」

「え？」

「――っ！」

一瞬、そばで誰かの息をのむような音が聞こえた……気がするけど。

それを確かめる間すら与えず、ユフィが言う。

「いいねいいね。レクスくんがどんな魔導書書くのか、お姉さん気になるなぁ♪」

ユフィとノエルは、ズイッと俺に身を寄せてきて、続ける。

「一緒に作ろう？　あたしとふたりだけの、ヒミツの魔導書」

「だめ。どうせ作るなら、わたしとの思い出の魔導書にしよ」

「なんでいちいち『ヒミツ』とか『思い出』って修飾するかね」

いったいなにを画策してるんだ、このふたりは。

でも俺も、魔導書作りに興味があるのは正直なところ。

文才なんてないと最初から距離を置いていた世界だったけど、猶予期間《モラトリアム》中に新しいことを始めてみるのもいいかもしれない。

ふたりが講師をする是非は抜きに、体験会への参加はありかもと答えようとしたとき。

「わかりました」

依頼書をスッと奪い取って、アイナはきっぱりと宣言した。

「引き受けます、この仕事」

突然心変わりしたかのように受諾の署名を走らせる様子に、俺は少し困惑してしまう。

「そうか……いや、いいと思うよ。けど急だな。渋ってたのに」

「どう考えても、このふたりに任せられる仕事じゃないでしょう。そもそも募集定員はひとりですし」

ツンとしたまま、アイナは依頼書を受付嬢に返す。

「残念。なら、レクスはわたしと一緒に参加しよ？」

「むぅ……。ノエルが参加するならあたしも参加する！」

そんなノエルとユフィを一瞥《いちべつ》してから、アイナは俺をまっすぐ見据えて言った。

「付け加えるなら、貴方《あなた》がノエルやユフィに唆されて、変な魔導書を作ろうとしたり工房に迷惑をかけないよう、監視しておこうという気持ちもあります」

「俺ってそんなに信用ない？」

四年も一緒に旅した仲なのに……。寂しいだろ、それ。

＊　＊　＊

そんなこんなで、魔導書作り体験会の当日。

王都に点在する魔導書工房の中でも随一の生産冊数を誇る『ロマニ書店』。

その店内の一角には、俺とノエル、ユフィ以外にも二十人ほどの参加者が集まっていた。

そして、体験会を運営する工房スタッフ何人かの中心に、アイナはいた。

「体験会特別講師のアイナ・ロザリーです。よろしくお願いします」

拍手と同時に、参加者の中からは「すごい特別講師だ」とか「応募してよかった～♪」

などの声が聞こえた。

改めて魔導書製作の界隈《かいわい》で、アイナは偉大に思われているんだな、と感じた。

確かにアイナは、魔術――魔導書の使い手としてだけでなく、魔導書の書き手としても
パーティーには欠かせないメンバーだ。

ちょっとした趣味で書いただけ、という魔導書が、旅の中で何度となく助けになったほ

ど、実用性の高い魔導書を書くことができる。

それこそ一年ほど前、旅を終えたら魔導書作家の道へ本格的に進むのもいいんじゃない？　と話題に上ったこともある。

ただそのときの、アイナのなんとも形容しがたい暗い表情はいまでも覚えている。

『書けるからってできるわけじゃない。そんな簡単なことじゃないんです』

そういえば、あれは結局、どういう心境での発言だったんだろう。

あまり触れないほうがいいのかなって思って、以来話題にすらしてこなかったけど。

「――ですので今日は、作りたい魔導書のアイデアをそれぞれ考えてもらいます。そのまま製作が可能なアイデアは、適宜アドバイスしますので本文執筆に。厳しそうなアイデアは代案を出したり、製作可能なラインまで整えるお手伝いをします」

って、まずいまずい。

考え事している間に、講師紹介の挨拶が今日の体験会の案内に飛んでた。

せっかくアイナが講師として立っているんだ。その勇姿や働きはちゃんと見ておいてあげたいもんな。

アイナの話が終わると、さっそく体験会参加者は各々『作りたい魔導書』のアイデアを紙にまとめ始めた。

できた人からアイナの元へ持っていき、アドバイスをもらう流れだ。

俺もアイデアがまとまったので、アイナのところへ向かう。

「お願いします！」

「…………はぁ」

いやいやいや、さすがに無関心すぎません？

前に並んでた女の子には微笑《ほほえ》みながら「いいアイデアだね」って優しかったじゃん。

アイナらしいと言えばアイナらしいけどさ。

で、肝心の俺の魔導書アイデアはというと。

「……【一生働かなくてすむ魔術】？」

「ああ。これさえあれば、辛《つら》い思いしてまで働かなくてもすむ――」

「却下」

秒殺かよ！

「アイデア自信あったのに！」

「発想がクズです。もう少し真面目に考えてください」

「辛辣すぎる……。代案すらなし？」

「そんな虫のいい話を期待しておいでで？」

アイナはジト目を向けてくる。

う……この目は結構マジなときの目だ。

「だいたい、書くだけ無駄でしょう」

「なにも、そこまで否定しなくても……」

「だってそうでしょう？　貴方《あなた》のいま現在の状況は？」

「……アイナたちのヒモ？」

「そうです。働かなくていいのですから、わざわざ貴方が書く必要もないでしょう」

とりつく島もなくノーを突きつけられてしまった。

こうなったら、引き下がるしかなさそう――、

「じゃあ、書こうか。わたしが、代わりに」

俺の背中からそう身を乗り出してきたのはノエルだ。

「【レクスが一生働かなくてすむ魔術】でしょ？　書くよ、わたし。レクスにこれからもずーっと、ヒモでいてもらうために」

ニコニコしながらノエルが提案する一方。

目の前のアイナからは、殺気を孕《はら》んだような視線を感じてしまう。

「なにバカな提案してるの。ダメ。書き方だって教えないから」

「んー、いいよ。自分で勉強するから、書き方」

「……っ」

驚いた様子のアイナに、ノエルは、勝ち誇ったようにむふーと笑った。

「任せるのもなんだし、俺も一緒に書くか。勉強して」

「いいね、共著ってやつ？　それでもいい――」

「――ダメです」

アイナはいっそう強い口調で、俺たちを止める。

思わず固まってしまった。

「私のほうがうまく、効果的に書けます。どうしても必要になったときは……わ、私が書きますから」

そっぽを向きながらアイナは言う。

ああ、そうか。『わざわざ貴方が書かなくてもいい』ってそういう意味も含むのか。

「アイナが書いてくれるなら心強いな。なら、やっぱアイナにお願いしようかな」

「えー？」

案の定ノエルはブーたれるが、俺は窘《たしな》めるように言った。

「だって、俺たちで書くよりいい魔導書に仕上がるだろうし。なぁ？」

「……わかりました。気が向いたら書きますよ。気が向いたら」

アイナは顔を逸《そ》らしたまま、謎に念を押した。

「ねえ、後ろつっかえてるよ？　レクスくん、まだ終わらないの？」

ユフィの声がけに慌てて振り返る。

俺たちの背後にはすでに列ができていた。確かに、俺たちだけで時間を食いすぎたな。

俺が横に逸《そ》れると、順番待ちをしていたユフィがアイデアメモをアイナに渡す。

「次は、あたしとノエルで考えたアイデアね。こういうのって作れたりするかな？」

ユフィがウキウキしながら持ってきたアイデアはというと、

「【術士に惚《ほ》れさせる……】。……っ!?」

アイナの読み上げが途中で止まる。

ていうか……なんだって？　いま、なんて言いかけた？

掘れ？　彫れ？　いや、惚れ？

「待て待て。それって【魅了《チャーム》】的なやつじゃ……」

「だよ。いいアイデアでしょ？」

シレッと答えるノエル。

「作ってどうすんだ、そんなの」

「う〜ん、そうだなぁ……」

ユフィは、顎に人差し指を添えながら思案する。

見た目は童顔少女。

けど妙に年上らしい妖艶なあざとさを醸し出して、ユフィは不敵に笑った。

「レクスくん相手に使ってみるのも、おもしろいかもね♪」

「俺を実験台にすな！」

ユフィのあざとすぎる提案に、速攻でツッコミを入れる。

するとユフィはニマァ……と笑った。

「本当はうれしいんじゃないの、レクスく〜ん？　こんな美人なお姉さんが魅了しようなんて、男冥利に尽きるでしょ〜」

自分で言うかな、自分を美人って……。

背が低くて童顔だから、どちらかと言えば『かわいい』部類な気もするし。

でも一般的に『魅力的な女性』なのは間違いないから、合っている……のか？

って、そういうのはどうでもよくてだ。

「俺に使ったところでしょうがないだろ。よしんば使うとしてもだ。世の中にはもっといい男はいるじゃん」

だからって、使っていいかどうかは別問題だけどな。

すると、ユフィとノエルは一瞬キョトンとして、

「そういうとこだよ、レクスくん」

「まあ、レクスらしいけどね」

呆《あき》れたようにため息をつかれてしまった。

……え、なに？　そういうとこって、どういう——、

「却下です」

俺の思考すらも遮って、アイナがアイデアメモを突っ返した。

「ええ、なんで？　モテモテになれておもしろそうなのにぃ」

ユフィは年甲斐《としがい》もなくブーたれる。

後ろに並んで待つ参加者も困惑してんじゃん。

みんな『勇者パーティーのメンバーってこんな人たちだったの？』って顔してんじゃん。

つっかえてるよって指摘してきたの、ユフィなのに。

「人の心とか感情に作用する魔術は、加減を間違えれば術にかかった人の自由と尊厳を奪って、とても危険な状態に陥れかねない。公序良俗に反する。故に却下」

アイナは真剣な声音で「それに」と続けた。

「【魅了《チャーム》】系は術式が複雑で、体験会の時間内じゃ書き切れない。必要魔力量も多いから、今日用意してる革じゃまかなえないし」

魔導書は本文を――呪文や簡易魔法陣を書けば魔術が使える、というわけじゃない。

魔力を有しておらず、個人で練る技術も持ち合わせていない人類は、魔術を使うために余所《よそ》から魔力を補填する必要があるからだ。

その要となっているのが、魔導書の装丁に使われる『革』だ。

魔力を有している魔物の皮を鞣《なめ》したもので装丁して初めて、魔導書は完成する。

もっとも、革によって含有魔力量は異なる。そのため、使いたい魔術に適した革を選ぶ必要がある。使える革に限りがあるなら、その中で発動可能な魔導書を書くしかない。

故にアイナの言い分は正しい。なにも間違っていないし納得できる理由――なのだが。

「じゃあ、アイナが書くの？　これも」

ノエルの何気ない一言に、アイナは慌てたようにハッとして、

「書っ……かないわよ。書くわけないでしょう、こんな品のない……」

「品なくないもーん!!」

あ。ユフィが変なところでダメージ受けた。

「ううぅ……そんなに否定しなくてもいいじゃん……。あたしだって、品性が売ってればとっくに買ってるもん。でもどこにも売ってないんだもん。これでもがんばって生きて身につけてきたつもりだもん……」

「ちがっ、ユフィに品がないって意味じゃなくて。魔導書の案に品がないってだけ……」

珍しくしどろもどろになるアイナ。それ、フォローになってないぞ？

というかユフィも、こんなところで病んでえぐえぐ泣き出すなって。

アイナは「ああ、もう」と仕切り直すように言う。

「とにかく三人は、最初から作り直し。もう少し他の参加者見習って」

「「「は～い」」」

講師のアイナが主導権を握っているんだ。指摘は大人しく受け止めるしかないだろう。

もう少し真面目に考えるか。

……でも、わりと真面目に考えたほうだけどなぁ、【一生働かなくてすむ魔術】。

＊　＊　＊

アイナからアドバイスをもらう時間を経て、魔導書作り体験会は次のフェーズ——実際の本文執筆に移っていた。

アイナや工房スタッフさんから、基礎的な術式文法だったり魔術の方向性を決める定型文や属性語を教えてもらい、あとは自由に執筆。

適宜添削してもらって、アイデア通りの魔導書に仕上がるよう作っていく。

俺も【一生働かなくてすむ魔術】はボツにして、別のアイデアを通してもらって書き始めたんだが……。

「うーん……」

さっそくスランプに陥っていた。

「貴方《あなた》も悩んだりするんですね」

そう横から声をかけてきたのはアイナだ。

他の参加者へのアドバイスを終えて、次に回ってきたのが俺のところだったようだ。

「悩みなんてなさそうに、日々脳天気に過ごしているのに」

「それと魔導書は話が別だよ。しっくりくる表現が思い浮かばなくてさ」

「……見せてください」

アイナは俺の手元を覗《のぞ》き込《こ》むように、顔と体を近づける。

図らずも、彼女が身に纏《まと》わせている甘い香りが鼻腔《びこう》をくすぐった。

使っている洗髪剤《シャンプー》の匂いだろうか。

ちらりと横目にアイナの顔を見やる。

机を見下ろしているせいで垂れてくる髪を、指先で耳に引っかける。

その所作と真剣に読み込む視線は、安直な言い方にはなるけど、色っぽい。

普段あまり見かけない一面に、思わずドキッとしてしまった。

「――つまり、この属性語を活《い》かすならここの形容詞を……って、聞いてますか？」

「え!?　ああ、ごめん。もう一回頼める？」

すっかりアイナの横顔に見とれてしまっていた。

でもそんなこと言い訳に使えるわけもなく、素直にお願いする。

アイナは大きく落胆の息を漏らした。

「人が丁寧に教えてあげているというのに心ここにあらずなんて、いい度胸してますね。

その上でもう一回？　都合よすぎるとは思わないいんですか？」

「いや、ほんと、もう……仰《おつしや》るとおりでございます」

ジトッと見下すような目に、俺はひたすら平身低頭するほかなかった。

着席している俺に対しアイナは立っている分、高低差からの圧もすごい。

するとアイナは、なにか思いついたようにハッとなってから、

「ですが私も鬼じゃありません。貴方《あなた》が一生のお願いとして頼むのなら、聞いてあげないこともありませんよ。ただし、今後私になにかをお願いする権利はなくなりますけど」

「そんな大事《おおごと》なのこれ？」

俺のツッコミを無視して、アイナはこちらを見下ろしたまま続けた。

「でも、別に構わないのでは？　貴方はどうせ、今後もヒモとして私に管理される身ですし。起床に就寝の時間、食生活、身の回りの世話まで、なにもかも……」

「そこまで大事《おおごと》にする？」

いくらヒモになってるとはいえ、そこまでしてもらうのはさすがに人間辞めてない？

でもさっきから、アイナの目はマジなんだよなぁ……。

「ふふっ、私なしでは生きられなくしてあげますが、さあどうし――」

ほくそ笑みながらそこまで言いかけたアイナだったが、

「【背中に水滴を垂らす魔術《メルヴク・ルエル》】」

「――はうん……!?」

突然アイナは、体を大きくビクつかせて喘《あえ》いだ。

工房内に響いたあまりにも卑猥《ひわい》な声に、アイナ本人もびっくりしたようで、ガッと口を押さえる。

俺も、アイナのこんな甲高い悲鳴、初めて聞いたよ。びっくりした。

「な、なな……!」

顔を真っ赤にしながら、珍しく平常心を欠いたまま振り返るアイナ。

彼女の背後には、ニコニコしているノエルが立っていた。

「いい声で鳴くじゃん、意外と」

「あ、貴女《あなた》ねえ……!」

幻覚だろうか。

アイナの周りに、この世の全てを灰燼《かいじん》にできるレベルの炎が、メラメラと燃えさかっているのが見える。

それほどにアイナを燃え上がらせた張本人たるノエルは、一冊の魔導書を持っていた。

魔術名が記載された表紙を読む限り、対象者の背中に水滴を垂らす魔術のようだ。

……しょうもなっ！

「あんまりイタズラするなよ、ノエル」

「え～？　だってイチャイチャしてるんだもん、ふたり」

ふたりとは、俺とアイナのことだろう。ノエルの目配せがそれを物語っていた。

「イチャイチャしてないって。なにをどう見たらその結論に至るんだ」

「私なしでは生きられなく、とか言ってたじゃん」

「ち、違うわよ。ここで一生のお願いを使うなら、貴方《あなた》は今後私の管理下で言いなりねっていう文脈の話で……」

「ほら、してるじゃん。イチャイチャ」

ノエルはムッとして膨れていた。

なんかちょっとだけ、ムード険悪か、これ？

「と、とりあえずふたりとも落ち着こう。まだ体験会の真っ最――」

「【風で髪をぐしゃぐしゃにする魔術《ルクス・エスカリ》】♪」

「――ちゅうぅぅん……!!」

びっ……くりしたぁ！

突然、耳の穴にふぅぅ……と吐息のような風が吹きかかった。

ゾクゾクゾクッと背筋が波打ち、驚きのあまり変な声が漏れ出てしまった。

「あはは！　レクスくん、いいリアクション。なんかかわいい……♪」

犯人はユフィだ。俺たち三人がやいのやいのやってる隙に、背後から妙な魔術を使ってきやがった。

「でもおかしいなぁ。【風で髪をぐしゃぐしゃにする魔術】のつもりだったのに」

「どこがだよっ。耳の穴おかしくなったかと思ったわ。呪文か魔法陣間違えてんじゃないのか、それ？」

魔導書は、文章の書き方次第で魔術の効果が変わったり、個性がついたりする。

逆に言うと、求める効果に対して正しい内容を書き記さないと、こうして意図しない魔術が発動する危険も孕《はら》んでいるのだ。

……どちらにせよ、しょうもなさすぎる魔術だけどな、ユフィのそれも！

「でもいい発見しちゃった♪　レクスくん、耳弱いんだぁ。次はお姉さんが直接、吹きかけてあげよっか？」

「全力で遠慮します」

ニパァッと意地の悪そうな笑みを浮かべるユフィ。

くそぅ、俺も知らなかった弱点を知られた。なんたる不覚。

「ユフィってば、また……」

「いけしゃあしゃあと……」

そんな俺らの様子を見て、ノエルとアイナがボソッと漏らす。

デジャヴか？

と、気づけば数人の工房スタッフが、俺たちを囲むように立っていた。

一様にニコニコしているのが、却《かえ》って怖い。

そしてそれだけで、なにを言いたいかが全部伝わってきた。

「「「す……すみません」」」

ちなみにその後、魔導書作り体験会は、アイナの軌道修正が功を奏して大成功だった。

一般参加者からも軒並み好評だったようで、工房のスタッフさんからも「次回開催の時はまた是非！」と大絶賛だったことは、アイナの名誉のためここに記しておく。

え？　俺やノエル、ユフィはどうだったって？

もう参加しないで、だってさ。

＊　＊　＊

その夜。

湯船にゆっくり浸《つ》かって体を癒やしたあと、俺は水を飲もうとリビングにやってきた。

メインの明かりは落ちていて、あたりは薄暗い。

けどその一角のダイニングテーブルだけは、小さなランプが灯《とも》っていた。

誰かが、その明かりのもとでなにか作業をしている。

「なにしてんだ、アイナ」

「――!?」

その誰か――アイナは、焦ったようにテーブルへ覆《おお》い被《かぶ》さった。

まるで、テーブルの上のなにかを隠しているかのよう。

「なんですか？　覗《のぞ》きとはいい趣味ですね」

「いや、暗くてなにも見えてないから」

しばらく警戒したように、そのままの姿勢だったアイナ。

やがて安心したのか体を起こすと、テーブルの上をササッと片付け始めた。

ふと目にとまったのは、紙とペン、インクなどの執筆道具だ。

「もしかして、魔導書の執筆？」

「見えてるじゃないですか」

「ご、ごめんって。道具が見えたからそうなのかなって。別に深くは触れないよ」

アイナにとって……いや、世の魔導書作家にとって、魔導書執筆中の姿というのはデリケートなものらしい。以前彼女にそう教えてもらった。

魔導書に記される呪文は、たとえ同じ【火を起こす魔術】だとしても、書き手によって千差万別な個性が滲《にじ》み出《で》る。

それこそ、魔術効果そのものに、微細な変化や効果が付与されるほどに。

執筆とはそれだけ、自己と向き合い、いいも悪いも含め自分の感情・感性に正直に筆を走らせる繊細な作業、なんだとか。

そうやって一心不乱に紙面に集中している姿を、アイナは、人様に見せられる姿じゃないと感じている節があった。

そこまで見られたくないのなら、自分の部屋で書けば安全なのでは？　と思ってしまうが、自室だと集中できないとかこだわりがあるんだろう。

「どうせ貴方《あなた》が出たあと、次にお風呂を使うのは私なので」

「え？」

「ここで待っていたら、ふとアイデアが湧いて出てきた。忘れないうちに書き留めておきたかった。それだけです」

俺の思考に的確な返答するって、エスパーですか？

まあ、いっか。ここにいても彼女の邪魔になりそうだし、それは本意じゃない。

「邪魔してごめんな。でも、あまり夜更かししすぎるなよ。おやすみ」

水をグラス一杯飲み干した俺が、そのままリビングをあとにし――

「私の講義にあんなに需要があるなんて……思ってもみませんでした」

――ようとしたとき、突然アイナが口を開いた。

「……え？」

「今日の仕事です。しょせん趣味だと思ってた執筆《これ》が、あんなふうに役立って評価もされるなんて、私ひとりじゃ気づけなかったと思います。それだけは……伝えておきます」

アイナのほうを見やる。こちらに背を向けていて、その表情は読めない。

でも言葉や語気からは、なんとなく、柔らかなものを感じた。

俺の自惚《うぬぼ》れでなければ、これはきっと彼女なりの感謝の言葉なのかもしれない。

そう思えばこそ。

「俺は最初からわかってたよ。アイナの執筆《それ》に需要があること」

少しだけ――ほんの少しだけ、アイナの体がピクッと反応する。

「前にアイナ、言ってたろ？　『書けるからってできるわけじゃない』的なこと。でも今日の講師ぶり見てて、全然そんなことないなって感じた。やっぱ俺の見立ては間違ってなかったんだなって」

「それは……あくまでも講師だからです。そうでなかったら、私は……」

「そうかな。アイナはもっと、自分を信じていいんじゃない？」

返ってきたのは、沈黙。

俺の言葉を咀嚼《そしやく》しているのか、はたまた『なにを偉そうに』なんて思われているのか。

「いや、ごめん。自分を信じるってめっちゃ難しいよな。俺もよく知ってるつもり」

そう前置きをしつつ。

俺は本心をそのまま彼女へ投げかけることにした。

「でも俺はこれまで何度もアイナに助けられてきた。アイナにしかできない方法で。改めて、ありがとうな」

こちらに背を向けたままのアイナに、俺は続けた。

「そんなアイナを俺は信じてるし、誇らしいと思ってる。それは間違いないから。覚えといてな。……じゃ、おやすみ」

リビングをあとにしようとしつつ、ふと振り返る。

結局アイナは最後まで、こちらを向こうとはしなかった。

【SIDE：アイナ】

去り際の彼《レクス》の声が、言葉が、私の耳にこびりついて離れない。

『これまで何度もアイナに助けられてきた。アイナにしかできない方法で』
『そんなアイナを俺は信じてるし、誇らしいと思ってる。それは間違いないから』
「…………………………」
顔が熱い。その理由はわかっている。わからないほど、私は初心《うぶ》でも鈍感でもない。
よくもまあ、あんな歯の浮くようなセリフを言えたものね。物語の主人公気取り？
……まあ、かく言う私も、そんな言葉につい喜びを覚えてしまっているのだけど。
って、なにを考えているんだ。
気を取り直して、魔導書の執筆を再開しよう。こういうときこそ、心を無にして――。
と、書きかけの紙面に目を落とし、固まる。
『レクス　レクス　レクス　レクス　レクス　レクス　レクス　レクス　好き　』
「……――っ!?」
な、ななっ！
なに書いてるの私!?
完全に無意識だった。それだけ頭の中が彼でいっぱいだったってこと？
……だとしても、これじゃあ呪詛《じゅそ》じゃない。かわいげがなくて逆に落ち込むわね。
もったいないけど、こうなったらこの紙はもう使えない。
ランタンの火で燃やして耐熱皿に放った。

きれいさっぱり燃えかすになったのを確認。証拠隠滅完了。
安堵《あんど》の息をひとつついて、気を落ち着かせる。
こうしてモヤモヤと溜《た》め込《こ》んで考えてしまうのは、結局、私の性格なんだろう。
もっと素直に、ストレートに、言葉を交わせれば。
ノエルやユフィのようにコミュニケーションが取れていれば。
こんなふうに考え込んでしまうこともなかったんだろうな、とは思う。
でもそれが難しいことを、私自身がよく知っている。
私は常に、劣等感と嫉妬心を抱えてしまっているんだもの。
幼いころの環境や経験故のこれは、もう、どうしたって払拭しきれない。
そんなルサンチマンに塗《まみ》れた心で、どうしたらまっすぐな対話ができるというのか。
こんな私自身を、私はどうやって信じてあげればいい？
そう常々思っているからこそ――、
『自分を信じるってめっちゃ難しいよな。俺もよく知ってるつもり』
彼の、私を理解しすぎている言葉が、本当に嫌いで。
けど、心の底から安堵してしまう自分がいる。
『アイナはもっと、自分を信じていいんじゃない？』
どの口が言っているんだか、と思う。

貴方《あなた》だって自分を――自分の高い能力を信じられていないのに、と。

『謙遜も過ぎれば傲慢』って言葉、知らないのかしら。

でも、誰よりも解像度高く私を理解しすぎる彼の存在が。

私はここにいていいんだよと、言ってくれているようにも感じるから。

彼のそばが、自己を容認できる特別な居場所になってしまった。

彼の言葉が、自分の心を穏やかにする安定剤になってしまった。

きっと、人はそれを『好き』と表現するんだろう。

「素直になれない私には、縁遠い言葉ね」

自嘲気味な笑みがこぼれてしまう。

この感情を素直に口にした瞬間、私はいま以上に、自分と向き合わないといけなくなる。

そんな怖い引き金、引けるわけないじゃない。

でも、逆に考えれば。

素直に言えてしまえば、それはそれで、楽になれるのかもしれないな。

「いっそ……素直に、言えてしまえば……」

そう、口に出したとき。

私の脳内で――なにかが繋《つな》がる音がした。

「そうか。その手が……」

ハッとして頭を上げる。

これは、いいアイデアかもしれない。この方法なら……！

一気に思考が加速し始める。その勢いに乗って、私は今度こそ集中して、一心不乱に筆を走らせた。

＊　＊　＊

ふと寝苦しさを感じ、頭が覚醒する。

最後に記憶していた風景とは一変して、リビングには朝の光が差し込んでいた。

結局リビングで寝落ちしちゃったか。

一度ガッと集中し出すと周りが見えなくなり、時間すら気にならなくなってしまうのは、私の悪いクセだ。

あげくどんな文章を――どんな魔術を仕上げようとしていたのかすら、記憶が曖昧。

目の前には、そんな書きかけの魔導書の原稿がある。

パラパラとページをめくり、中を確認した。

『Zhuroh mii thalyk int zhey klor aviyz.《澄んだ瞳に心が吸い込まれた。》

Arfexiuh kharyet a vynq worath, sytirh enva dozier intho moryan.《情は淡い熱を帯び、欲すらも奮い立たせる。》

Rhysystahn wof nevyr ohl《抗うことなどできるはずも》――』

――バンッ！

な……な……。

なんて文章を書いているの、私……！

こんなの紛《まぎ》れもなく、典型的な【魅了《チャーム》】系魔術の筆致じゃない！

ああ、でも思い出した。

テーブルに叩《たた》き付けたこの原稿を、私が書き始めた理由とキッカケを。

昨日の体験会でノエルとユフィが初手に持ってきた【術士に惚《ほ》れさせる魔術】のアイデア。

私は『術式が複雑で体験会の時間内じゃ書き切れない』とか、『術にかかった人の自由と尊厳を奪いかねない』なんて突っぱねたけど。

あれには、少しだけウソも混じっている。

要は、術の本質や本懐は変えずに細部やアプローチだけ変える――いわゆる『換骨奪胎』さえ的確に行えれば、安全かつ道徳に反しない形にまとめられるのだ。

そして、私にはそれができる。できてしまう。

だから、昨晩思いついたアイデアを基に執筆を進め。

結果、寝落ちして朝を迎えるっていう愚行をやらかしてしまったんだ。

読み返したところ、まだ未完成。

このまま装丁して使っても、私が目指している本来の効果とは違う魔術が暴発してしまうだろう。

とはいえ……完成させるべきかは要検討ね。

深夜のノリで書いた文章ほど、翌朝悶絶《もんぜつ》して書き直したくなるものだし。

なにより、こんなのを書いて使おうとしていた、なんて知られたら、

「恥ずかしすぎて、軽く百回は死ねるわ」

……やめたやめた。

シャワーでも浴びて、一度頭をリセットしよう。

テーブルの上を片付け、書きかけの魔導書や執筆道具一式と共に脱衣所へ向かう。

脱いだ服と道具類を脱衣カゴに入れ、レンガ造りの浴室へ。

昨晩の内にお湯を抜いてたからだろう、浴室はひんやりとしていた。

ペタペタと壁際のシャワーへ歩き、蛇口を捻《ひね》ってお湯を浴びる。

ああ……気持ちいい……。

「あれ？　アイナ？　早いね」

脱衣所のほうから聞こえてきたのは、ノエルの声だ。

「おはよう。ノエルも早いじゃない」

「目が覚めちゃって。もしかして徹夜？」

「まさか。寝てるわ、少しだけだけど」

「それ徹夜じゃん、ほぼ。執筆？」

「まぁ……そんなところ」

曖昧に濁す。

あまり細かい話をし始めると、ノエルは絶対、魔導書の内容を気にし始めるもの。

具体的にどんな魔導書を書いていたかなんて、教えられない。

教えられるはず、ないじゃない……恥ずかしい。

「シャワー使う？ もうすぐ出るけど」

「………………」

「ノエル？」

「え？ ああ、大丈夫。軽く顔洗いたかっただけ。じゃ、またあとで」

「ええ」

なんだったんだろう。妙な間があったし、最後はやたら素っ気なかったけど。

でもノエルのことだ。寝起きで頭が働いてなくて、ボーッとしていただけだろう。

気にすることもなくゆっくりとシャワーを浴びてから、脱衣所に戻る。

体を丁寧に拭き終え、着替えようと脱衣カゴに手を伸ばす。

「……え？」

その違和感に、私の背筋がヒヤリとする。

シャワーを浴びる前まであったはずのものが、なくなっていた。

書きかけの魔導書だ。

カゴの中に、衣類や執筆道具と一緒に入れてあったはず。

それがなんでなくなっている？

「……まさか」

ノエルだ、間違いない。彼女以外に脱衣所へやってきた形跡や物音はなかったもの。

彼女が書きかけの魔導書を見つけ、そこに書かれている文言から術の概要を推察し、持ち去ったんだ。

――レクスに対して使うために！

でもまずい……。そもそもあの魔導書は未完成。

私の意図していたものとは全然違う魔術が発動するかもしれない。

最悪の場合、ものすごくえげつない【魅了《チャーム》】系魔術が、暴発する可能性も――、

「ちょ、ちょちょちょ……！　どうしたお前ら、正気か!?」

脱衣所の外。リビングのほうから、レクスの素っ頓狂な声が響いてくる。

「しまった……遅かった！」

♀♀♀　→　♂

すっかり寝すぎてしまった、朝。俺は大きくあくびをしながら階段を下りる。

誰かが使っているんだろう浴室のシャワー音を耳に入れながら、リビングに繋《つな》がるドアを開け足を踏み入れる。

すでにノエルとユフィが起きていて、ソファでくつろいでいた。

「あ、おはようレクスくん。お寝坊さんだね」

「おはよ。ベッドが気持ちよすぎて、ついな……」

ふふっと笑ったユフィは、小冊子のような魔導書を一冊持っていた。

「なにしてたんだ？」

「んー、読書。魔導書の」

「ちょっとおもしろそうな本でね。ノエルとふたりで、どのぐらい効果あるのかなーとか話してたところ」

ふーん、と思いながら、改めてその魔導書に目を向ける。

完成品の魔導書の表紙には、本来その本で発動できる魔術名が記されている。

だがユフィの持っているものにはない。明記前——つまり未完成品だろう。

そして、この家に小冊子サイズの未完成な個人製作物があるとしたら、間違いなく製作者はアイナだ。

「いいのか、勝手に読んで。タイトル明記前なのに」

「まぁ、言いたいことはわかる。でも……出し抜かれちゃうから」

「出し抜かれる？」

「ああ、いやいや！　こっちの話だよ、うん」

ノエルへ聞き返したのに、なぜかユフィが慌てた。

「とにかく、あまりアイナを困らせるなよ？」

「ふーん。レクスはアイナのご機嫌が気になるんだ」

「そういうんじゃないけどさ。いやだろ、みんなの仲がギスギスするの」

俺はノエル、アイナ、ユフィの三人と、仲良く猶予期間《モラトリアム》を過ごしたい。

些細《ささい》なことで関係が悪化するのは、シンプルに嫌だからな。

「レクスくん優しいねぇ。しかもそういうことサラッと言えちゃうの、偉い偉い♪」

「謎にお姉さんぶってるし」

「んふふ、だってあたし、年上のお姉さんだもん」

ユフィは、手元の魔導書をそっと撫《な》でた。

「でもね、お姉さんだからって余裕があるわけじゃないの」

「……はい？」

するとユフィは、ノエルと一度目を合わせ。

「この魔導書がどういう魔術か……教えてあげるよ、わたしたちが」

そして、ふたりで「せーの」と声を揃《そろ》えた。


「「【術士に惚《ほ》れさせる魔術】」」


……え？ いま、なんて？

そう疑問を抱いた次の瞬間には、魔導書が輝いて魔術が発動していた。

術士に惚れさせる、だって？

この場合の術士は、ノエルとユフィのふたり。

発動対象は、俺。

てことは……。

俺がふたりに惚れる――【魅了《チャーム》】系の魔術⁉

「バ、バカお前ら！ それ昨日、アイナが危険だって……！」

ていうかアイナもアイナだ。

なんで隠れてコソコソそんな魔導書書いてたんだよ。

マズい。もし俺がこのままふたりに強制的に魅了されて、パーティー全体の関係がこじれたら、いつまでも四人仲良くとはいかない。

下手すりゃパーティー解散？　猶予期間《モラトリアム》の崩壊⁉

こんなしょうもない魔術――書き手のアイナには申し訳ないけども――が原因で関係が崩壊するなんて、俺はごめんだぞ！

ああ、でも、ヤバい。

体が妙に火照ってきた……気が……。


「……あれ？　しない？」


驚くほどなんの変化もない。

この手の魔術は、かかったが最後、頭が霞《かすみ》がかったようにボンヤリして、自分の意思に反した言動を起こしがちなんだけどな。

俺は今のところなんともない。

「はぁ……はぁ……んっ……」

「ふぅ……ふぅ……あっ……」

代わりに、魔術を発動したノエルとユフィの様子がおかしい。

わかりやすく呼吸を乱し、発熱でも起こしたかのように頬《ほお》や耳を紅潮させている。

「どうした、ふたりとも。大丈夫か？」

恐る恐る声をかけると、ふたりはゆっくりこちらへ振り返る。

その目は、トロンととろけていた。

普段は凛《りん》とした目をしているはずのノエルも、クリッと丸い目をしていたはずのユフィも、熱に浮かされているかのような瞳で俺を見つめていた。

「……大丈夫。でも……ん……なんかすごく、熱くって……」

「どうしよう、レクスくぅん……。さっきから、ムズムズが収まらないの……」

……ちょっと待て。

なんかノエルもユフィも――めっちゃエロくね？

その潤んだ上目遣いも、脚をモジモジさせている様子も、全部ひっくるめてむちゃくちゃエロいんだけど。気のせい？

俺がふたりに惚《ほ》れてるからそう感じるだけ？

と、困惑している俺に、ふたりの手が伸びてくる。

そして触れるか触れないかというタイミングで、

「「もう……だめぇ……！」」

ふたりは俺を押し倒し、覆《おお》い被《かぶ》さってきた。

「ちょ、ふたりともどうした、ほんとに！」

「ごめん、レクス。わたし……もう我慢できない……えへへ……」

「あたしも……んん……焦《じ》らされるの、いやぁ……ほしいよぉ」

「ほ、ほしいって、なにを……？」

「「レクス（くん）の……初めて♡」」

……はあぁぁ!?

「ちょ、ちょちょちょ……！　どうしたお前ら、正気か!?」

な、なんだ？　なにかが変だぞ。

これ本当に【術士に惚《ほ》れさせる魔術】か？　いま俺、ふたりに惚れてる状態なのか？

むしろ、思いっきり逆なような。

だいたい、俺の初めて？

この状況でほしがる俺の初めてって、要するに——そういうことか!?

貞操の危機を感じた俺は、すぐにでもその場を離れるべく、起き上がろうとした。

が、普段巨大な戦斧《せんぷ》を振るうユフィの力は、並大抵のものではなくて。

ガシッとホールドされてしまった。

「だ〜め……。レクスくんがたぁくさん気持ちよくなるまでぇ、離してあげなぁい」

「初めてがふたりとなんて、贅沢《ぜいたく》だね……ふふっ」

あ、マズい。

これは間違いなく今ここで——喰《く》われる！

俺の記念すべき初めてが、こんな形で……!?

相手がノエルやユフィであることに不満はない。それぐらい魅力的ではあるけど！

それとこれとは話が別——、

「ほぉらぁ。レクスくんも脱ぎ脱ぎしましょうねぇ。ばんざぁい」

「ちょ、待って待って！　脱がさない——うむぅ！」

ユフィの豊満な胸が俺の顔に押しつけられる。

こいつ、バンザイの姿勢を利用して、胸で口封じを……!?

「あれぇ？　ズボン脱がせらんない。ベルトかなにか引っかかってるのかなぁ？」

「んんんんん!!」

ストップストップ！　ノエル、ズボン脱がすのだけはやめて！

このままふたりの手でスッポンポンにされたら、さすがに意識させられちゃうからぁ！

でも、だめだ。抵抗しきれない。

ふたりの力の前では、俺になんて為《な》す術《すべ》は——、

「【体を痙攣《ゼエル・ホルダス》させる魔術】!!」

「あんっ……！」

「くぅっ……！」

ノエルとユフィが、ビクンと大きく震えた。

卑猥《ひわい》な吐息を漏らしたかと思えば、くたぁと力なく伏せる。

おかげでさっきまでの強い拘束力はなくなり、解放された。

ただふたりとも全身……特に足腰をピクピク震わせているけど。

大丈夫な状態なのか、これ？

「しまった。いまの状態じゃ逆にご褒美だったかも」

その声の元を探るように振り返る。

立っていたのは、アイナだった。

先ほどまでシャワーを浴びていたからか、髪は濡《ぬ》れたまま。

慌てて着替えたらしく、その装いは彼女にしては珍しく乱れてもいて。

けど、この状況を救ってくれたことは間違いなさそうだ。

逆に言えば、この誤解を招きかねない状況を見られてもいるということ……！

「いや、違うんだアイナ！　これは俺の意思じゃ――」

「わかってます。貴方《あなた》にそんな度胸はない」

………。

それはヒドくない？

「とにかく、私の部屋に避難します。話はそこで。早く！」

【SIDE：アイナ】

危なかった、危なかった、危なかった……！

情けない声を上げていなかったら、この人は間違いなくいまごろ、ノエルとユフィに喰《く》われていた。

間に合ってよかった。

こんな形で出し抜かれ既成事実でも作られていたら、悔やんでも悔やみきれなかった。

レクスの手を引き、猛ダッシュで自室へ連れ込む。

バタンとドアを閉め、鍵をかけると、そのままズルズルとへたり込む。

ひとまずの安堵《あんど》感からか、足腰が弛緩《しかん》してしまった。

「助かったよ、アイナ」

「別に……貴方を守りたかったわけじゃありませんから」

「だとしても、だよ。あー、びっくりした」

びっくりしただけなんだろうか。本当に？

なんて、変な思考が脳裏を過《よぎ》る。

私のバカ。そんなこと考えてる場合じゃないでしょ。

「とにかく、対応を考えます」

立ち上がると、私は部屋の奥の窓際、備え付けの机に向かった。

引き出しの中にある紙とペン、インクを準備する。

「対応？　そもそも、あれ、魔導書の影響だよな？　ノエルたちは【術士に惚《ほ》れさせる魔術】って言ってたけど。どう考えても、その……【発情】系じゃね？」

はぁ？　【術士に惚れさせる魔術】ですって？

もう、あのふたりは本当に……。

「あの魔導書は、それを換骨奪胎したまったくの別物。ノエルたちが誤読したに過ぎません。【惚れさせる魔術】でも、ましてや【術士自身が発情する魔術】でもないです」

だいたいあの本文を読んで、なんでそう解釈するかな。

……いや、そう解釈させてしまった時点で私の筆力不足ってことか。

「魔術効果がブレたのは、未完成にも拘《かか》わらず発動させたからでしょう」

リビングを去り際に回収していた、くだんの未完成魔導書を開く。

どこまで執筆が進んでてなにを書いていたのか、改めて確認する。

「ダメだ、この書き方だと半永続状態。目的を達成するまで発情しっぱなしです」

「目的って……──っ！」

「……すけべ。勝手に気づいて気まずくならないでください」

「し、しかたないだろ。俺だって一応、男なんだから、年頃の」

「二十歳が年頃？　ずいぶん遅い思春期……──っ⁉」

と、彼のほうを見たのが間違いだった。

彼はユフィに上着を脱がされたままの状態──上半身が裸だった。

「な、なんて格好してるんですか！　しかも女子の部屋で……！　変態‼」

「不可抗力だ！　上着拾う暇なかったんだよ……ごめんって」

申し訳なさそうに腕で隠そうとするレクス。もちろん隠れてなんていないけど。

確かに、いままで気づかずにいた私にも非はあるし、不可抗力なのも間違いない。

「……いえ。私も、取り乱しました」

そう目を逸《そ》らしつつも。ついチラリと見てしまう彼の体。

絶対好きになるはずないと思っていた人だったから不本意ではあるけど、レクスを好いていることは認める。

自分でも、本当によくわからないぐじゃぐじゃした感情を抱えていると思う。

けど、これだけは間違いなく素直に言える。

——この人、好みど真ん中の体してるのよねぇ……！


太すぎない程度に無骨な、上腕二頭筋。

意外にしっかりした首回りを演出する、僧帽筋。

主張はしてないけど鍛えられてるのがわかる、大胸筋。

うっすらとだけどちゃんと割れている、腹直筋。

この、鍛えすぎてない細さはキープしつつほどよく筋肉ついてます、っていう細マッチョ感、ビックリするぐらいどタイプだった。

思わずため息をつく。

よりにもよってこの人、なんでこんないい体してるんだか、僧侶のくせに。

ズルい。

「……アイナ？　どうした？　呼吸が荒いぞ」

「——！　な、なんでもありません。まじまじと観察しないでください、変質者」

いやそれは私だ、鼻息荒く見つめていたくせに。

……というツッコミは胸の内にしまうとして。

「発情状態を鎮める魔導書を即席で書きます。貴方《あなた》はそこで時間を稼いでください」

「時間稼ぎったって、鍵閉めておけば別に……」

「あのふたりの状態、甘く見ないほうがいいですよ」

そう念を押した、次の瞬間。

レクスの背後のドアが、ドドドン！　とけたたましい音を鳴らした。

「ねえ、レクス……はぁ、はぁ……。そこにいるの？」

「開けてよぉ……気持ちいいこと、たくさんしよぉ？」

「レクスが……レクスのがほしくて、んっ……疼《うず》いてしかたないのぉ……」

「ふぅ……ふ、ん……。レクスくんので、満たしてほしいよぉ……んっ……」

ドンドンガリガリと、今にもドアを壊して進入してきそうな勢いだ。

こんなの、鍵をかけただけで守れるはずがない。

「ただのゾンビじゃんか、これ……！」

「ひとつの欲求に特化して動く時点で、似たようなものですからね」

「冷静に分析するのやめて!?」

なによ、別に間違っていないじゃない。

こういう分析が魔導書執筆の役に立つのに。

「とにかく。ドアの死守は任せました。集中するので静かにお願いします」

「んな無茶《むちゃ》な！」

ドアの向こうからは相変わらず、ノエルたちのうわごととドアを叩《たた》く音が聞こえてくる。

「ううぅ……レクスのお耳ぃ……舐《な》め舐めしたいぃ」

「首輪、つけるからぁ……んっ、たっぷり……躾《しつ》けてほしいのぉ」

「んなニッチな性癖持ってるなんて知りたくなかったよ！」

……うん。確かにちょっと無茶だったかもしれない。

＊　＊　＊

ノエルたちの発情状態を鎮める魔導書は、比較的サクッと書き上がりそうだった。

ふたりの状態と目的が単純だから、術式構築が容易だったのが不幸中の幸いだ。

今回限りだし、一回使い切りのリーフレットサイズですませられたのも大きい。

「あぁ……レクスぅ……レクスぅ……！」

「ここ開けてレクスくぅん……お願いだよぉ……！」

「くっ、さっきより力が……。アイナ、まだかかりそうなのか？」

「もうすぐです。踏ん張ってください、男でしょう」

とはいえ。さっきまでよりドアを叩く音は強くなってきている。

特にユフィの場合、あれでパーティー内でも一番の力持ち。本気の本気を出したら木のドアぐらい余裕でぶち抜いてきちゃう。

早く書き終わらないと……。焦りつつも、正確に文章を綴《つづ》っていく。

「よし。あとは手頃な革で綴《と》じれば……」

と、革のストック入れにしていた引き出しを開け——絶句してしまう。

「革……ない」

「そういうベタはやめてくれ!」

レクスの悲鳴めいたツッコミがうるさい。

けど明確にこれは私の失態だ。なにも言い返せない。

「こ、ここにないだけです」

「じゃあどこに?」

「たぶん、脱衣所に置きっぱなしです」

シャワーを浴びに行くとき雑にまとめた執筆道具の中に、何枚か予備の革があったはず。

レクスを避難させることで頭がいっぱいで、すっかり忘れてた。

「え、じゃあ取りに行かないといけないの? こんな状態の外を?」

レクスが恐る恐る視線をやった、ドアの向こう。

未《いま》だにガリガリと引《ひ》っ掻《か》いたり、ドンドンと叩《たた》く音が鳴《な》り止《や》まない。

けど、他に手立てはない。たとえリーフレットサイズだとしても、魔物の革で綴じなければ魔導書は完成しないんだから。

そしてこれは、私の不始末だ。

なら、ここで私の言うべき言葉は決まっていた。

「しかたない」

――なのに。

私よりも先に、彼は言ったんだ。


「俺に任せろ！」


彼がなにを言っているのか、本気で一瞬わからなかった。

けど、すっくと立ち上がる姿を見て、ようやく言葉の意味が繋《つな》がった。

「……え。貴方《あなた》が行くんですか？」

「アイナに行かせるわけにはいかないだろ」

レクスはドアノブに手をかける。

「この手の術にかかってる手合いが危険なのは、アイナも知ってるだろ？　見境だってないし、加減すら考えずに襲いかかってくる」

ええ、その通り。

だからこそ、思ったことをそのまま吐き出す。

「バカなんですか貴方《あなた》は」

「シンプルな暴言⁉」

レクスはテンポよくツッコミを入れる。

そんな余裕があるのは、事態を正確に把握できていない証拠。

私、なにも間違っていないじゃない。暴言でもなんでもないでしょう、まったく。

「ふたりの目的は貴方です。外に出れば一気に襲いかかってきますよ」

「……あ。確かに」

ほら、わかってなかった。やっぱりバカじゃない。

なおさら、こんな人に任せておけない。

「私が行きます。そのほうが安全でスムーズでしょう」

「いや、けどさ……」

「なんですか？　まさかワンチャン襲われるのもありかも、とか思ってるんですか？」

「お、思ってるかぁ！」

焦って否定しちゃってまあ。本心はどうなのやら……。

「アイナが襲われない確証もないだろ。俺が出てこないから、この際アイナを、みたいな展開だって……」

「え、そっちの方でしたか？　趣味嗜好《しこう》は人それぞれなんで否定しませんが、私はストレートですから創作で摂取してください」

レクスは「そうじゃなくて……」と頭を抱えた。

「未完成の魔導書を安全に保管しなかったのも、革を置きっぱなしにしたのも、私の落ち度です。なら私が責任を取るのが筋でしょう」

だいたい、いまレクスがひとりで外に出たら、確実にノエルたちに押し倒される。

急いでこの魔導書を完成させたとしても、それより早くレクスを襲いきるだろう。

そんなしょうもない流れで、ふたりに出し抜かれたくない。

「どいてください。一刻を争うんです」

ドアノブを握っている手を剥《は》がそうと、彼に触れる。

ゴツゴツした、男の人の手。

僧侶なのに、まるで剣でも握って鍛えてきたかのような太い指に、少しドキッとする。

本音を言えば、ただのエゴなんだろう。

この手を——この人を独り占めしたいと思う、邪《よこしま》な私の。

だからこそ、いま彼にここを飛び出してほしくない。

……そんな本音を素直に言えていれば、彼は納得してくれたのかな。

いや。そうでなくてもさすがに、わかってくれているはず。

私が好いた人は、そこまでバカな人じゃないと。

ここまで説明したんだから、少しぐらい私の気持ちにも気づいてよと。

そんな淡い期待を抱きながら、私は手に力を込めて――、

「やっぱりダメだ。アイナひとりに行かせられない」

こ……このわからず屋ぁ!!

貴方《あなた》が出ていくほうが、こっちとしては都合が悪いって話なのに！

彼に引《ひ》き剥《は》がされた手が、勝手に拳を作って震えた。

はぁ、本当に、もう……。

期待しちゃってた私のほうが、バカだったらしい。

「じゃあ、どうしろっていうんですかっ」

こっちの気も知らずに変なことばかり言うレクスへ、半ば八つ当たり気味に問う。

すると、あろうことか――、

「こうするんだ……よっ！」

「――ひゃっ!?」

彼は私の背中と膝の裏に腕を回し、グッと体を持ち上げた。

「ふたりで取りに行くぞ！」

「～～～～～～～～～!!」

こ、ここ、これ……お姫様抱っこ⁉

思わず声になってない悲鳴が口から漏れた。

あまりにも恥ずかしい状況に、彼の硬い胸板を何度も叩《たた》きまくる。

「バカ！　変態！　エロ男‼　ふざけてないで降ろして！」

「いやだ」

「い、今なら消し炭か氷漬けを選ばせてあげますよ⁉」

「どっちもいやだ！」

じゃあどうしたら降ろしてくれるの！

ていうか、落とされても構わないから、いますぐこの状況から脱したい……！

必死に抵抗を試みる。けど、それが裏目に出てしまった。

「あ、暴れるなって！　落としちゃうから……！」

彼はそう言って。

さらに力を込めて、私を抱き寄せてきた。

「〰〰〰〰〰〰〰〰⁉」

近い近い近い近い……！

彼の素肌が、鍛えられた体が、仄《ほの》かな香りが、全部が近い。

あ、ダメだこれ。私、悦《よろこ》んじゃってる……。

「さいあく……しんじらんない……」

「文句の山ほどもあるだろうけど、あとで聞くから。今は革の回収が先決。外出たらダッシュで脱衣所向かうぞ」

「もう……かってにして……」

もう、どうとでもなれ……だわ。

彼はすぅっと深呼吸すると、ドアを勢いよく開けた。

「「――あうっ！」」

ドアの前に立っていたらしいノエルとユフィの、鈍い悲鳴が聞こえた。

けどレクスは、それを無視して一目散に廊下を走る。

「……いま……アイナ……」

「お姫様だっこ……されてた……？」

「「ずぅぅるぅぅいぃぃぃい!!」」

レクスの背後を、飢えた獣のように這《は》いずって追いかけてくるノエルとユフィ。

どうしよう。ちょっと優越感覚えちゃってる私がいる。

そんなことを思っているうちに、レクスは軽快に階段を駆け下りて脱衣所に。

引き戸を閉めると、ゆっくりと私を降ろす。

「…………はぁ……」

私はそのまま、ペタンとへたり込んでしまった。

「だ、大丈夫か？　なんか怪我《けが》でもさせちゃった――」

「違います、大丈夫です、放《ほ》っといてください……！」

心配してくれる彼を、思わず睨《にら》んでしまった。

でも、羞恥心と多幸感がぐちゃぐちゃに混ざって、自分でもどういう情緒なのか説明できないんだ。これぐらいはしかたない。

その直後だった。背後の引き戸になにかがドン！　と衝突し、今にも開きそうになる。

レクスは慌てて引き手に指をかけて押さえる。

そういえばこの脱衣所、鍵がついてなかったんだ。

「レクスぅ……レ～ク～ス～……！」

「お姫様抱っこぉ、あたしもぉ、されたいよぉ……！」

脱衣所に来ただけじゃ、全然安心できる状況じゃない。

ふたりが相手だと、さしものレクスだって力負けする。

私は急いで脱衣カゴを漁《あさ》る。

使っていない魔導書装丁用の革の中から、適当なものを見繕う。

「く、まずい……！　もう、指が……！」

レクスが弱音を吐いてから束《つか》の間《ま》。引き戸が勢いよく開かれる。

目にハートマークが浮かんでいるかのような、恍惚《こうこつ》とした顔つきのノエルとユフィ。

追い詰めた獲物《レクス》を見下ろし、ニンマリと笑って油断しているところを――、

「【情欲を抑える魔術《フィスノ・エルド》】！」


手元の小冊子風魔導書が光って発動。ノエルたちの動きが、たちまちピタリと止まった。

発情しきっていた目から力が抜け、やがてパタリと倒れてしまう。

微《かす》かに聞こえるのは静かな寝息。術がしっかり効いて、眠っているみたい。

「助かった……のか？」

「少なくとも、発情状態はこれで落ち着いたはずです」

私は大きく安堵《あんど》の息を吐く。

まさか、書きかけの魔導書でこんな事態になるなんて。

今後はもっと、管理を徹底しよう。

＊　＊　＊

「「本当に申し訳ありませんでした」」

小一時間後。

目を覚ましたあとで事情を話すと、ノエルとユフィは素直に綺麗《きれい》な土下座を披露した。

「まったく。一歩間違えれば怪我《けが》人も出てたし、ふたりだって一生あのままだったのよ」

「そんなにひどい状態だったんだ、わたしたち」

「そりゃもう、肉欲に飢えたゾンビみたいだった」

「うえええ、全然覚えてない。恥ずかしい……死にたい……」

「そう思うなら、あとで彼にもちゃんと謝りなさい」

落ち込んでるのか、ふたりは萎《しな》びた干し大根みたいな顔で「は～い」と答える。

ちなみに、いまこの場にレクスがいないのは、用心してのことだった。

もしまだ術の残滓《ざんし》が残っていたら危険だから。私なら襲われないし、見定められる。

「これに懲りたら、未完成の魔導書を勝手に読んだり使ったりしないこと。いい？」

「わかった。改めて怖さを理解したよ、魔導書の」

「それもそうだけど……は、恥ずかしいじゃない、普通に」

どうせなら完成したものを読んで使ってほしい。

これは、趣味とはいえ魔導書作家めいたことをしている私の本心だ。

すると、ユフィがキョトンとした顔で尋ねる。

「そういえば、結局、どういう魔術を書く予定だったの？」

それいま訊《き》く？　答えなきゃダメ？

まあでも、今回の責任の一端は私にもあるのよね。

「その……【五分だけ素直になれる魔術】……的な」

顔が熱い。改めて口にすると、なんて下らない魔導書を書こうとしてたんだって思う。

けど——ノエルとユフィは笑ったりせず。

私をそっと抱きしめてきた。

「本当にごめん。魔導書、台無しにしちゃって」

「……そんなふうに思ってくれるのね。私たち、恋敵なのに」

「当たり前だよっ。それ以前に、大事な友達なんだから」

ああ、温かい。そして、ちょっとくすぐったい。

「もう。しょうがない人たち……」

私は思わず、小さく笑みをこぼした。

「でも、隅に置けないね。抜け駆けなんて」

「ホントだよ。しかも自分の得意分野で」

「い、いいでしょ。そういう協定だったじゃない」

さっきまでのほっこりした空気感とは裏腹に、ふたりはニマァと笑う。

あー、憎ったらしい顔。

「本当に反省してるのかしら……」

「してるしてる。ちょーしてる。だからさ」

「完成させたら、あたしが試しに使ってあげるよ」

「絶、対、い、やっ。完成させても教えない。そもそももう書かないから」

ノエルとユフィは「ええ～」と不服そうに頬《ほお》を膨らませた。

確定ね。言うほどちゃんと反省してないわ、このふたり。

そう呆《あき》れていたときだ。ふと二階のほうからドアの開く音が聞こえてきた。

そのまま、足音が階段を下りてくる。

「あの～……。そろそろ平気？」

声のほうを見やる。レクスが恐る恐るといった様子でこちらを覗《のぞ》いていた。

「ええ。もうすっかり正常でした」

「そっか。あ～よかった」

こっちの気も知らないで、のんきなほどに安心しきった笑顔のレクス。

でも一歩間違えれば、この笑顔を失っていたかもしれないんだ。

この四人の関係のバランスが、まったく意図しない形で、大きく崩れてしまっていたかもしれない。

「改めて……今回の件、私が発端であることは間違いありません」

そのきっかけを作った人間として、誠心誠意謝らないといけない。

私は、深々と頭を下げた。

「ご迷惑をおかけしました」

「いいっていいって。ノエルたちも反省してるんだろ？　ならもういいじゃん」

ああ、本当に。貴方《あなた》はドがつくお人好《ひとよ》しですね。

どんな思惑で魔導書を書こうとしたのか。

どんな理由で魔導書を使おうとしたのか。

知らないから無理もないとはいえ、サラッと水に流そうとしてくれるんだもの。

でも、そういうおおらかで優しいところがあるからこそ。

彼は、私のありのままを、理解してくれすぎるんだろう。

そばに居続けたいと、思ってしまうほどに。

「……ありがとうございます」

喜びが顔に出ないよう気をつけつつ、顔を上げる。

ふとレクスと目が合い、図らずも心臓が跳ねた。

「と、ともあれ。残念でしたね、結局は襲ってもらえず終《じま》いで」

「まだそれ擦《こす》るの？　勘弁してくれよ……あんな形は望んでないって、最初から」

照れ隠しな私の皮肉に、彼は心から慌てたように返す。

その反応が——彼の心がノエルたちに強く向いたわけでもなさそうな様子が。

思いのほかうれしくて、安心した。

「じゃあ、ああいう形じゃなかったら望んでるんですね？」

「ちが、それも言葉の綾《あや》で——」

「わかってます」

思わず、クスッと笑ってしまう。

いまのはさすがに、私の意地が悪かったな。

彼の困った顔を引き出したかっただけで、他意はない。

だって私——、

「い、い、レクスがそんな人じゃないって、ちゃんとわかっていますから」

そんな貴方だから、好きになってしまったんだもの。

【第四章】　ぴえん系戦士はもっとオトナぶりたい

「……本当に建ってる……」

心地よい陽気に満ちている、昼過ぎの王都。

俺は、その中央広場である物を見上げていた。

俺やノエル、アイナ、ユフィを象《かたど》った、大きな銅像だ。

あたりには平日昼間にも拘《かか》わらず、その銅像をひと目見ようと多くの人が集まっていた。

「え～？　サイン～？　どうしよう、考えてなかったよ～♪　普通の署名でもいい？」

俺の背後では、さっきからユフィのウッキウキな声が聞こえている。

振り返れば、彼女の周りには人集《ひとだか》りができていた。

みな一様に、携帯用の鉛筆と紙をユフィに差し出しサインを求めている。

「いや～、こんなことならちゃんと考えておけばよかったよ～、えへへ～♪」

困ったようなセリフとは裏腹に、ユフィは満面の笑みだ。目には見えない尻尾をブンブン振っているのがわかる。チヤホヤされるのがよほどうれしいんだろう。

今日、俺とユフィはちょっとした日用品の買い出しで王都の中心街に来ていた。

そして、立ち寄った商店のおばちゃんから「あんたたち勇者さまご一行の銅像建ったんだよ！　見ていきなよ」と勧められて見に来て、いまに至る。

あれだけ取り囲まれ賞賛されているのを目の当たりにすると、改めて俺たちは、すごい偉業を達成したんだなと思い知らされる。

「えっへへぇ。すっごい有名人だね、あたしたち♪」

サインを求める人たちを一通り捌《さば》ききったユフィは、ご満悦だ。

「さっきの商店のおばちゃんも、あたしたちの顔見ただけですぐ割引してくれたし」

「定価で払うって言ったのに、聞いてくれなかったよなぁ」

「いいじゃんいいじゃん。ああいうご厚意には甘えておくもんだよ」

世の中そうやって回ってるんだよ、とでも言いたげだ。大人だなぁ。

「……待って？　これワンチャン、酒場でもサービスしてくれるんじゃない!?」

あ、違った。ちょっと厚かましいだけだこの人。

するとその厚かましい女子は、目にキラッキラの星を浮かべて、

「ねね、レクスくん！　買い物も終わって、他にすることもないし……」

「え？　まさか、昼間っから飲む気？」

「うん！　軽～く引っかけちゃわない？　ね、行こうよ行こうよ行こうよ～♪」

「ダメな大人だなぁ……」

でも、俺も人のことは言えないな。

世間は平日の昼間。大人は働いている人たちばかり。

ただ、いまの俺たちはお休みをもらっている状態だから、関係ない。

なかなか叶《かな》えられない昼飲みができると思うと、ちょっとワクワクしていた。

「そんじゃあダメな大人同士、二、三杯引っかけていくか」

「やった〜♪　じゃああたし、お店開いてるかちゃちゃっと見てくるー!!」

そう、脱兎《だっと》のごとき勢いで店の中に消えていったユフィ。

どんだけ酒が飲みたいんだか。

彼女のあとを追って、俺も店のほうへ歩き出した——、

「そこのお兄さん！　よろしければチラシ、どうぞ♪」

急に目の前に女性が現れて、一枚のチラシを俺に差し出してきた。

「って……勇者パーティーのレクスさんですよね⁉　わぁ、ぜひもらってください！」

すごいな、本当に誰も彼もが俺たちのこと認知してるよ。

ただ俺は、そんな事実より、目の前の女性の装いが気になってしかたなかった。

王都はおろか、この国ではなかなか見かけない服装だ。

一枚の生地で織られた布を羽織るように着て、腰に太い帯を巻いて留める。

ボタンやベルトといった道具を使わない着こなしが伝統の、『キモノ』だっけ？

数年前、みんなと東洋の国に訪れた際、めちゃくちゃ見かけた記憶がある。

「あ、これ気になります？　かわいい衣装ですよね♪」

「え、ええ。そうですね」

「そんなレクスさんなら、ウチの店、楽しめると思いますよ！」

言いながら、女性は再度チラシを差し出す。

かわいらしい筆致で色彩豊かにまとめられている。

その一文目は、さっそく聞き慣れない言葉で始まっていた。

「コンセプトカフェ？」

「はい！　名前の通り、コンセプトに沿った内装や衣装でお客様をおもてなしするカフェのことです。たとえばウチだと、東洋文化がコンセプトですね！」

なるほど。だからキモノを着てるのか。

顔つきは見るからにこの国の人なのに、なんで？　と思ってたけど、合点がいった。

「ぜひ遊びに来てくださいよ〜。なんなら、いまからでも！」

「いや、俺いま人を待たせてて……」

「じゃあ、その方も一緒に！　サービスしちゃいますよ……レクスさま♪」

そう、妙に蠱惑的《こわくてき》な声で誘ってくるキモノ女性。

気づけば俺の手は、その女性に優しく握られていた。

これは確かに、心が揺らぐ……！

でもユフィを放っておくことはできない。そう、断ろうとしたときだ。

──ガシャン。

背後でなにかの落ちる音が聞こえ、思わず振り返る。

「……レ……レクスくん？」

茫然自失《ぼうぜんじしつ》、といった様子でこちらを見つめているユフィ。

その足元には、商店で買ったばかりの日用品が入った紙袋が、悲しげに落ちていた。

やがて、じわじわと目尻に涙を浮かべ始めたユフィは──、

「やだあぁぁぁ！」

ガバッと俺に抱きついてきた。

「やだやだやだー！　レクスくん盗《と》らないでー！」

「いだだだだ！」

ぴえーんと泣きながら俺に抱きつき、キモノ女性から引き離そうとしてくるユフィ。

けどなにせ大型戦斧《せんぷ》使いの戦士職。本気を出せばその怪力は、木の幹すら砕くレベル。

人間なんてクッキーみたいなもんだ。

要するに──このままじゃ俺は死ぬ！

「ちょっ、強い！　力、強いから!!」

「あ、ご、ごめん！　つい……」

ユフィはハッと我に返って、抱きつく力を緩める。

よかった、命は助かった……。

「別に俺、どこにもいかないよ。ユフィについてこうとしたら、お店紹介されただけ」

「そうなの？　そうだったんだ……うぅぅ、ごめんなさいごめんなさいごめんなさい。早とちりでレクスくん絞め殺しちゃうところだったよね」

「ほんとそれな。ユフィが人殺しにならなくてよかったよ」

ユフィは緩い力で俺に抱きついたまま、エグエグと泣いている。

豊満な胸がギュッと押し当てられている状態は、普通だったら喜ぶべきなんだろう。けど死なずにすんだ安堵《あんど》感がでかくて、それどころじゃなかった。

「ていうかレクスくん！」

泣いていた、かと思えば。今度は上目遣いでキッと俺を睨《にら》むユフィ。

「なんでもっときっぱり断らないの!?」

「え？　いや、断ろうとしたけど押しが強くて……」

「強引に振り払えばよかったのにぃ……。女の子はいまみたいのでも、すぐ不安になっちゃう生き物なんだから……」

そうだったのか……。次からは気をつけよう。

ともあれ。イジイジぷくーっと頰《ほお》を膨らませているユフィを、どう宥《なだ》めたもんか。

そんなことを考えながら、ふと、さっきまで話をしていたキモノ女性を見やる。

なぜか彼女は、目をキラキラさせていた。

「……いい。いいですよ、お姉さん！」

そして、俺を思いっきり突き飛ばして、ユフィの手をギュッと握る。

さっきからみんな、俺の扱い雑じゃない？

「そのほどよい依存感、ナチュラルなボディータッチ、感情豊かなノリ、なにより男受けしそうな抜群のスタイル……まさにダイヤの原石!!」

「え？　え⁇　原石……あたし、のこと？」

ユフィは困惑しながら、俺と女性とを交互に見る。

いや、こっちを見られても困るんだけど。俺も事態をよくわかっていない側なんだから。

「お姉さん――コンカフェのキャストに興味ありませんか？」

キモノ女性は、そう、キラキラした目で続けた。

「ぜひ、姉妹店のキャストさんにスカウトさせてください!!」

＊　＊　＊

「『ユフィがスカウトされた？』」

それが、帰宅して事のあらましを話したあとの、ノエルたちの第一声だった。

「コンセプトカフェ……そんなものが流行《はや》り始めてたんですね」

「都市部を中心にここ数年で、店舗数が増えてるんだってさ」

「変わってってるんだねぇ、わたしたちが旅してた間に。世界は」

まったくだ。

いかに俺たちが世間との接点を絶って、根無し草でブラブラしてきたかがわかるよ。

「……で、当のユフィはあんな状態、と」

アイナがチラリと視線をやったのは、リビングのソファに座っているユフィだ。

「ふへ、ふへへ……♪　あたしがスカウト？　そんなに魅力的だったんだぁ。ふふっ。うれしい♪　あの子も見る目あるじゃ～ん、えへへへ～～～～♡」

めっちゃ有頂天でクネクネしていた。

あのあとユフィは、褒め言葉を嵐のように浴びせられたおかげで自己肯定感が爆上がりして、この数時間ずっとニマニマしっぱなしだった。

幸せそうでなによりだ。

「でも、楽しそうじゃんね。このバイト」

ユフィが持ち帰ってきた、コンカフェのキャスト募集のチラシ。

それに目を落としてノエルは続けた。

「かわいい衣装は自由に選べて、お店側が支給。勤務時間も週一の二時間からオッケーのシフト制。基本給も悪くないし歩合も乗っかる」

確かに、ここまで聞く分には条件も悪くないのだろうけど。

「なにより、キャストみんな仲良しでアットホームな職場、だって。よくない？」

「「それが一番胡散臭《うさんくさ》い……」」

アイナと俺の言葉が重なる。

ノエルがこれを読んで『楽しそう』と思うのは『でしょうね』って感じだが。

「貴方《あなた》はどう思います？　私はどうも、いかがわしい匂いを感じます」

「同感。普通の喫茶店や酒場とは、毛色が全然違うんだろうなとは思う」

もっとも、そう感じる理由は明確に言語化できていない。

気のせいって可能性も十分あるだろう。

ただ、気がかりなことはある。

「チラシをくれたキャストの人、妙に距離感が近いっていうか、男を誘い慣れていそうっていうか。ああいう接客が常態化してる店なのか？　って思っちゃうとな」

そうまで言ったあと。隣のダイニングチェアに座っていたはずのアイナが、わかりやすく椅子を引いて俺から距離を取った。

「……どした」

「一瞬でも鼻の下を伸ばしたのであれば、不潔だなと」

「伸ばしてない、伸ばしてない」

あれぇ？　同じ意見を持つ味方だと思ったのに。めっちゃ警戒されてるんですけど。

「ユフィ。ひとりだけなの？　この募集枠って」

「ノエルも興味あるの？　でもざ～んね～ん♪　募集枠ひとりなんだって！　そんな貴重な枠にあたしが勧められるなんて……うふふっ♪」

ユフィ、お前……。無自覚に煽《あお》ってるぞ、それ。

そんな言い方したからか、案の定ノエルは「ふむ……」と考え込む。

ああ、これ、次は絶対こう言うな。

面接受けてみようかな、わたしも……って。

「面接受けてみようかな、わたしも」

はい、一語一句すべて当たってました。さすがだね、俺。

「貴女《あなた》、正気？」

「もち。稼げそうじゃん。なにより、楽しそう」

「怪しそうとか思わないの？」

「逃げればよくない？　いざってときは」

それできるのは神速の剣技が自慢のノエルだけだって、とツッコみたくなったが、それより先にユフィがソファから身を乗り出す。

「え～!?　やめてよ、あたしが推薦されてるやつなのにぃ！　ノエルまで面接来たら、絶対ノエルのほうが採用されちゃうじゃん……」

「うん、そう思う。だってかわいいもんね、わたし」

「やだやだやだやだぁ！」

ノエルがむふーと煽《あお》り返すと、二十四歳児は精一杯の駄々をこねてきた。

でもすぐハッとして、

「……まさか、アイナも？」

「はぁ？　私は興味ないから。こんな怪しいバイト」

持っていたチラシをテーブルに放るアイナ。

確かに、仮にちゃんと健全な店だったとしても、生真面目なアイナが働いてる姿って想像できないな。それどころか、過剰な接客を求める客を魔術で消し炭にしそう。

「いま貴方《あなた》、私じゃそもそも似合ってないし働けない……とか考えてました？」

「え!?　いやいや、そんなんじゃないよ！」

ギッと睨《にら》み付《つ》けてくるエスパーなアイナ、こっわ。

それはそれとして、だ。

妙な対抗意識で働く気満々なユフィとノエルを思いとどまらせるのは、至難の業だろう。

だったらむしろ、働いているところを常に見守り、いざというときに助けられる状態を作るほうがいい気がしてきた。

ただ問題は——、

「これ、男性スタッフは面接すらできないんだな」

チラシには女性キャストのみ募集と書かれている。

男が関われる余地はなさそうなんだよな。

「え、レクスくん働くつもりだったの？」

「だとしたら、しなくちゃだよ、女装。あぁでも昔、一回したっけ」

「魔族と結託してた地方領主の社交界に潜入する依頼のときよね。懐かしいわ……ヒドい女装に笑いを堪《こら》えるのに必死だった」

「嫌な思い出掘り起こさないでくれるかなぁ」

しかもよりにもよってその領主、俺が一番美人だとか抜かして夜伽《よとぎ》に誘ってきたんだよな。あんなに鳥肌立って冷や汗まみれになった経験、後にも先にもあれだけだったわ。

って、そんな話はいまどうでもいい。

「監視役として潜り込めないかなって。本当に健全で安全な店なのか見定めないと」

「ああ、そういう。でも大丈夫じゃない？　たぶん」

「そうだよ、レクスくんの考えすぎだよ」

案の定、ノエルとユフィは一切気にしていない様子だ。

「……ていうか！　そんなに気になるならレクスくん、遊びに来れば？」

むしろユフィはそんな提案までしてくる始末。

「あたしもレクスくんを接客できるし、レクスくんも監視しながらコンカフェ楽しめるでしょ？　一石二鳥じゃない？」

「確かに選択肢のひとつかもしれないけどさぁ……」

いざ客として入店する未来を想像すると、小っ恥ずかしく感じてきた。

「いい案かもね、それ。レクスだって眼福じゃない？　かわいいわたしが接客してあげるんだし。珍しい衣装姿も見放題だし」

案の定、ノエルもノリノリだ。

そういう言い方されると、緊張してますます足を運びにくくなるんだけど？

でも他に、働いている様子を監視する方法がないのも事実だしなぁ。

緊張とか小っ恥ずかしいとか、考えてる場合じゃない――、

「――なら、私も受けます。その面接」

そう、突然心変わりしたように、アイナが挙手して言った。

「え、どうした急に」

「貴方《あなた》と意見を同じくする私が、面接の様子で白か黒かを判断するのが最適でしょう」

　確かにそれが一番、手段としては適格だろう。

　アイナ自身の気持ちの問題を勘定に入れなければ。

「いいのか、本当に？　無理してない？　もしそれで面接に受かっちゃったら……」

「友達が心配という気持ちには代えられないでしょう？　それに……」

　アイナは、どこか言いにくそうに二の句を継いだ。

「万が一、億が一、貴方が来店するというのであれば……わ、私が徹底的に接客しないと、すぐ鼻の下を伸ばしてお店に迷惑かけそうですし？」

「俺、ケダモノかなんかだと思われてるの？」

　でも実際、俺では監視役は務まらなそうだし。

　いざというときは、しっかり者のアイナのほうが頼りにもなるだろう。

「わかった。頼むな、アイナ」

「貴方の頼みを聞くわけではありませんが……わかりました」

「むぅ。ライバルが増えた。負けられないね」

「えーん、あたしがスカウトされたお仕事なのにぃ……！」

　こうして女子三人、なんやかんやでコンカフェの面接を受ける意を固めたわけだけど。

　うーん、本当に大丈夫かな……。

＊＊＊

三人が面接を受けに行った日から、数日後のこと。

「は～い、レクスくん♪　お酒、作ってあげたよ♡」

「こんなにかわいい女子三人といきなり同席なんて、さすがだねレクス」

「所詮は貴方《あなた》も、色を好む英雄気取りの雄でしたか」

妙に甘ったるい香りの立ちこめる、薄暗い店内。

お尻がグッと沈むソファに腰掛ける俺。

その左右は、お店側支給の衣装に身を包んだユフィ、ノエル、そして正面をアイナが囲んでいる。

問題は――あまりにも目のやり場に困る、その衣装だ。

「じ、ジロジロ見ないでください、変態。最低ですね」

俺を見下すような態度で足を組むアイナは、いわゆるバニーガール姿だし、

「珍しいんだよ。なかなかないじゃん、こういう衣装着る機会」

ふふっと笑うノエルは、一見するとメイドのような服装。

だがあらゆる丈が極端に短く、上半身も胸元を覆っているだけのビキニトップ。

「ふふっ。照れちゃってるレクスくんも、か・わ・い・い♪」
そう蠱惑的《こわくてき》に微笑《ほほえ》むユフィの姿は、まさに淫魔《サキュバス》のそれ。
腹部に淫紋までこさえられている芸の細かさ。
「あたしたちの勤務初日。楽しんでいってね、レクスくん♡」
グロスで潤んだユフィの唇が、そう甘く囁《ささや》く。
えーっと……どうしてこうなったッ⁉
よし、冷静さを取り戻すため、いったん状況を整理しよう。
ユフィたち三人が面接も兼ねて店に向かったあの日。
彼女らはなんの問題もなく即採用となって帰ってきた。
しかも募集枠ひとりだったのに、三人ともがだ。
アイナ曰《いわ》く、特に怪しい点はなかったとのこと。
ちゃんと契約書のやりとりもあり、内容もガン詰めしたけどすべて問題なし。
【魅了《チャーム》】系魔術で騙《だま》された形跡もないため、概《おお》ね白と判断できるという見解だった。
で、数日数回の研修を経て、今日がコンカフェ『ドリーミン・クラブ』の初出勤日。
いても立ってもいられなかった俺は、視察に来たというわけだ。
けっして、興味があるとかそういうんじゃない。
……ウソだ。ちょっとだけ興味はあった。ちょっとだけな。

けどそれ以上に、本当にホワイトで健全な職場なのか、ちゃんと客として見定めようって気持ちが強い。

アイナの言葉を借りるようで申し訳ないけど、三人は俺の仲間であり友達だ。

彼女らの悲しい顔なんて見たくないし、そんな顔を浮かべているなら助けてやりたい。

そんな思いもあって来店して……いまに至るというわけだ。

俺は、他の客やキャスト、スタッフに聞こえないよう、三人にこそっと話す。

「この店、いつもこんな際どい衣装をコンセプトにしてんの？」

「ち、違うよ！　今日はたまたま『フリーダム』がコンセプトの日なんだって」

ユフィは慌てて否定するが、どうにも納得しがたい。

衣装もそうだが、店内に漂うアロマの甘い香りや照明の薄暗さが、カフェと呼ぶにはあまりにも大人っぽすぎる雰囲気なのだ。

そもそも、店内全体を見回してもコンセプトがよくわからない。統一感がない。

「『フリーダム』がコンセプト……ねぇ」

「衣装も、お店のストックから好きなのを選んでいいんだって。どう、これ？　わたしが自分で選んだの。かわいいでしょ」

ノエルは言いながら、ズイッと身を寄せて見せつけてくる。

上半身は水着も同然だから、直視できず目を逸《そ》らす。

「か、かわいいよ。かわいい……けどさ」

手を伸ばせば触れてしまえそうなところに、ノエルの生足太ももがある。際どいミニスカートは、ちょっと動けばその内側が見えてしまいそうなほどだ。

それをわかっているのか、無防備なだけなのか。

ノエルはいちいち足をスルッと動かしている。本当に、目のやり場に困る。

と、そんなノエルを牽制《けんせい》するように、赤いピンヒールが俺たちの間に差し入れられた。

スッと持ち上げられたピンヒールの向こう、黒ストッキングに包まれた脚を辿《たど》っていく。

「誰が舐《な》めるように眺めていいと言いました？」

「ご、ごめん！」

ビクッとして、一気に視線を上げる。

相変わらず不満そうに俺を見下ろすアイナと、目が合った。

「ふたりの言うとおり、いかがわしいわけじゃありません。衣装も店内状況も、今日が偶然そうというだけ。だけど……ノエル？　それは接客として過剰じゃない？」

「細かいなぁ、アイナは。ありでしょ、これだって。『フリーダム』なんだから」

ノエルはふふっと笑う。

「アイナだって、自分からノリノリで選んだんじゃん、その衣装」

「の、ノリノリじゃないから。サイズ合うのが、もうこれしかなくて……」

「意外とスタイルいいもんねぇ、アイナ。特に腰から下が」

「ユフィのそれ、フォローになってないの！」

顔を少し赤くして否定するアイナ。

けど確かに、普段は露出の激しい服装を避けている分、アイナのバニーガール姿には見《み》惚《と》れてしまう。実はほどよく胸も大きく、腰回りもしっかりキュッとしているんだよな。

あと、健康的な太さの太ももを黒ストッキングが覆っているのも、ヤバい。

「ねえ、レクスは知ってる？」

ノエルは突然、俺の耳元に口を近づけて、

「ウサギのメスってさ――年がら年中発情してるんだって」

「ノ、ノエルッ!?」

今度は耳まで真っ赤にして、ガタッと立ち上がるアイナ。

ウサギのメスは……バニーのガールは、年がら年中――、

「あ、貴方《あなた》もッ！　いま考えてることッッ!!　即刻忘れなさいッッッ!!」

「は、はい！　ごめんなさい!!」

アイナがいま魔導書を持ってなくてよかった。

問答無用で消し炭か氷漬けにされてたわ。

「だ、だいたいそういう話なら、ユフィはどうなのよ。淫魔《サキュバス》風の衣装なんて……」

「あ、あたしはただ、店長さんが絶対似合うって勧めてくれて……」

そう、最初はしょぼんとしていたユフィだが、

「でもいざ着てみたら、みんなも似合うって褒めてくれて。じゃ、じゃあこれでがんばってみようかなって。そしたらもっと褒めてくれるかもだし……えへへ」

「それ、半分騙《だま》されてんじゃないか？」

騙されやす――絆《ほだ》されやすいユフィらしいな。

「でもさ、店長さんの見る目は確かだよね。これはどエロいよ、女子から見ても」

「ちょっ、そんなマジマジ見ないでぇ！　結構お肉ついちゃってるからぁ……！」

「どうしたらそんなに育つんだか。というか、よく衣装に収まったわね、胸」

「結構ギリギリなんだぁ。溢《あふ》れちゃいそうでヒヤヒヤしてる……」

そう、重そうに自分の胸を持ち上げるユフィ。

思わず目を逸《そ》らす。ナチュラルにそういうことするなってば、もう……。

でも、間違いなく男ウケはいいんだろうなぁ。ユフィは群を抜いてグラマラスだし。

その上で、秘部を隠しているだけってレベルの布面積極少な、淫魔風衣装だもんな。

しかもその胸元は、谷間がしっかり見える位置にハートマークの穴まで空いている。強度大丈夫なのかな。

もちろん、アイナもノエルもそれぞれ、自分のスタイルに合った衣装だけど。

改めて、こんな衣装で接客するなんて、すごい店だよコンカフェってのは。

……それに、やっぱ、あれだ。

その格好で、いろんな客——特に男を接客するんだなって思うと。

複雑っていうか心配っていうか……普通に、嫌だな。

「というわけでレクス」

そんなジクッとした心境も拭いきれてないうちに。

ノエルはふと、仕切り直すように言った。

「わたしたちの衣装姿、存分に楽しんでくれてるわけだけど」

「その、あの……あたしたちの中で、誰が一番好みだった、かな？」

「正直に答えるなら、舐《な》め回すように眺めたことは、許してあげますよ」

「……え？　選ばなきゃダメ？」

「「「——ダメ」」」

ノエルたちは声を揃《そろ》えると、俺にズイッと近づいて。

「「「さぁ、誰が一番好み？」」」

そんな、究極の選択を迫ってきた。

「正直に答えて、レクス。誰が一番好みなの？　わたしたちの中で」

しなやかな体躯《たいく》をメイド服風ミニスカビキニに包んだ、艶美なノエルか、

「たまには男らしい決断を見せてくれません？」

バランスのよい肢体をバニーガール衣装で隠した、色香漂うアイナか、

「選んでもらうためなら、なんでもしてあげる……♪」

豊満な肉体を淫魔《サキュバス》風衣装で最大限に彩った、蠱惑的《こわくてき》なユフィか。

ズイッと身を寄せてくる三人。

目のやり場にこそ困るけど、三者三様に似合った衣装を纏《まと》った美女たちだ。

言い寄られて、男として悪い気なんてしない。当然だ。

けど『選ぶ』となると話はガラッと変わる。

だって俺は、俺たちは――。

「ちょ……ちょっとごめん！」

三人の魅惑的な圧に耐えかね、俺は立ち上がると。

「お、お花を摘みに行ってくる！」

逃げ出した。逃げ出すしかなかった。

背後からは「逃げられちゃった」とか「意気地なし……」だなんて残念がる声が聞こえてきて、自分の情けなさに心が痛む。

けどさ……。

選べるわけないだろぉぉぉ!!

店の奥、客席から死角になっているトイレのそばまでやってきて、俺は頭を抱えた。

あの三人は、俺にとって大切な仲間。友達。

その中から誰かひとりを選ぼうなんて、できるわけない。

そんなことしたら、パーティーの均衡は簡単に崩れてしまう。

楽しく居心地のいいみんなとの猶予期間《モラトリアム》も、崩壊まっしぐらなのに……!


「なんで逃げたの、レクスくん」


「——おわぁっ!?」

突然背後から声をかけられ、文字通り飛び跳ねて振り返る。

いつの間にかユフィが立っていた。プンスコと頰《ほお》を膨らませて。

「もう！　お姉さん、恥ずかしいのガマンしてがんばったんだよ!?　だいたいあんなの、お酒の席の軽いノリじゃない。サクッと選んじゃえばよかったのに」

「そうはいくかよ……」

あの真に迫った態度が、酒の席の軽いノリ？

女の子の思考回路、難解すぎるって……。

「それとも、選べないぐらい似合ってなかった？　でも、そうだよね……いい年したお姉さんがさ、こんな際どい衣装着てたら、逆に引くよね……。あちこちムチムチのぷにぷにでみっともないもんね……あはは、なにやってんだろね、あたし……病む、死にたい」

「ちが、そういうんじゃない――」

「じゃあどういうこと!?」

ずーんと沈んでいたかと思いきや、今度はグワッと身を乗り出してくるユフィ。

相変わらず気持ちの乱高下がすごいな。

「に、似合ってて……甲乙つけがたくて選べなかっただけ」

「……ふぇ？」

「ノエルも、アイナも、それにユフィも。みんなかわいくて、ドキドキしちゃって」

言ってて、どんどん顔が赤くなっていくのがわかる。

でも不思議なもので。一度口に出してしまえば、言葉はするすると溢《あふ》れてくれた。

「俺なんかが選んで、順位みたいなのつけちゃダメだろって思ってさ。『一番』を選んだら、どうしたって『二番』とか『三番』ができちゃうじゃん」

ユフィたちは、それぞれに違った能力と魅力を持った仲間。優劣なんてない。

常に互いを尊重し合い、理解を深め合い、助け合いながら旅してきた友達なんだ。

軽いノリだろうが不可抗力だろうが、なるべくなら順位づけなんてしたくない。

俺の説明に、ユフィは幾ばくかポカーンとしてから、

「レクスくんさぁ……」

呆《あき》れたように嘆息する。

「マジメに考えすぎだよ。そんなことで今さらこじれるわけないでしょ、あたしたちが。そんなに信用できないかなぁ」

「信用はしてるって。これは単に、俺のポリシーってだけ」

すると、フッと笑みをこぼすユフィ。

「……まっ、レクスくんのそういうところは、魅力だとも思うけどどね」

「そんな大それたポリシーじゃないと思うんだが」

割と普通かつ一般的な思考じゃないか、これ？

「そう言うと思った。まあいいよ、そんなことより席戻ろう？　せっかく来たんだから、楽しんでってよ」

そうだ。いきなりあんな状態になって目的を見失ってたけど。

今日はユフィたちが健全に働けているか視察のつもりだったんだ。

「ノエルとアイナは他に指名入っちゃって接客してるから、あたしがうんと話し相手になってあげる♪」

「ちょ、ちょぃ待ち」

そう店内に戻ろうとするユフィの腕を、思わず握って引き留めてしまう。

「この店、本当に健全な店なのか？」

ユフィはあからさまにギクッと肩を震わせた。

「う……ん。健全、だよ？　きっと、十中八九、たぶん、おそらく……」

「どんどん確度下がってんじゃん」

「だ、だって――」

勢いよく振り返るユフィ。

面積の少ない布に無理やり収められていた胸が、溢《あふ》れそうなほど激しく揺れる。

思わず焦ったが、当のユフィはそんなの気にしていないぐらい真剣な表情だった。

「今日になって急に『フリーダム』の日って説明されて。定期的にコンセプト入れ替えるって説明は受けてたけど、まさか今日が一番際どい日だと思わなかったし」

モジモジとしているユフィ。その姿を改めて目に収める。

黒い淫魔《サキユバス》風の衣装は、ユフィのグラマラスな肉体のあちこちをキュッと締め付けていた。

ふっくらと盛り上がっている衣類との境界線は、健康的な肉感を演出している。

それは脚のガーターベルトから、腰回り、胸部に至るまで。女体をこれほどまで艶《なま》めかしく表現する衣装なんて他にないと言わんばかりに。

なにより淫紋の存在だ。

店内より一段暗くなっているトイレ周辺だからこそ、蛍光塗料によって浮かび上がっている下腹部の紋章はまるで、こちらの情欲をかき立て誘っているかのよう。

「でもたぶん、このお店じゃこれが普通……なんだと思う。本当に今日がたまたまで、普段はいかがわしくない健全なお店……の、はず」

最終的には自分の裁量で衣装を選んだんだとしてもだ。

こんなどエロい衣装を候補にしておいて『今日がたまたま』を言い訳にするのは、さすがに無理がないか？

そしてユフィ自身も、薄々それを感じている。

だから自分の発言に確証を得られていないんだろう。

「で、でも大丈夫だよ！　これでもあたし、お姉さんだから！」

ユフィはそう胸を張る。

みちみち……と音が聞こえてきそうなほど、胸部をパッパツにして。

「本当にヤバいことされそうになったら、ちゃんとノーって言えるし店長にも報告できるから。そういう不届き者はとっとと出禁にしちゃえば早い――」

と、虚勢なのか本心なのか高々と宣言している最中《さなか》に、事は起こった。

ただでさえ大きな胸を、無理やり収めていた衣装の胸部。

胸を張ったことで、さらに強く布が伸ばされ――、
ブチブチブチ！

「「――え？」」

ち、千切れたぁ……!?

「ひゃあぁっ!?」

ボロンと溢《あふ》れた胸を、ユフィは咄嗟《とっさ》に両腕で押さえる。

ハートマークの穴がこさえられているせいで強度が心配だったが、案の定じゃんか！

「と、とりあえずどこか、着替えられる場所に！　更衣室は!?」

「ば、バーカウンターの向こう側……」

くそ、ここからだと客席を横切る必要があるか。

せめて応急処置ぐらいはしておかないと、痴態を晒《さら》すだけだし……うん？

ふと視線を巡らせると、通路脇に薄暗い個室を見つけた。

ラッキーだ。ここなら、①俺の着ているシャツをユフィに貸して胸を隠す→②更衣室へ向かい着替える→③戻ってきてシャツを俺に返す、までの時間稼ぎに使える！

「ユフィ、こっち！」

「え!?　こ、この部屋は……」

なにか言いかけるユフィだが、話はあとで聞こう。まずはユフィの状況改善が最優先。

そう思いながら入った個室は、不思議な部屋だった。

ソファとベッドが一体になったかのような、ゆったりとした椅子が並んだ部屋。

天井には煌《きら》びやかなシャンデリアが吊《つる》され、ろうそくの火が揺らめいている。

店内に立ちこめる甘い香りも相まって、異様な雰囲気に包まれていた。

外のフロアとは、明らかに様子が異なる。

「思い切って入っちゃったけど、なんの部屋だ、ここ？」

独り言のようでもあり問いかけのようでもある、曖昧な俺の言葉に、

「──『特別なとき』に使う部屋って、店長さん言ってたよ」

ユフィは落ち着いた声で答えてくれた。

……部屋の鍵をカチッと閉めながら。

「と、特別なときって、どういう？」

ていうか、なんで施錠した？

彼女の意味深な言葉の真意を確かめたくて、振り返る。

「さあ。なんだろうね」

重く溢《あふ》れそうな胸を押さえつけながら、扇情的な目でこちらを見つめるユフィ。

その姿はまさに──淫魔《サキュバス》そのものだった。

【ＳＩＤＥ：ユフィ】

店長さんに聞かされていた、『特別なとき』に使う部屋の存在。
偶然にもそこに連れ込まれて、あたしはチャンスかも？　って思った。
ふたりきりの密室。
ほぼ全裸みたいな、あられもない姿のあたし。
ふたりが寝転がっても、どんなに暴れても、問題ないぐらいの広いソファーベッド。
——据え膳食わぬはなんとやら、でしょ！
荒くなりそうな息を整え、覚悟を決めて鍵を閉める。
その音に気づいたのか、レクスくんは戸惑ったように振り返る。
「と、特別なときって、どういう？」
怖がっているような、助けを求めているような、怯《おび》えた瞳。
小動物みたいなそれが目に入った瞬間、背中がぞくぞくぞく……って波打った。
どうしよう。
あたし、いま、なんか変だ。
「さあ。なんだろうね」

ものすごく興奮……いや、高揚してる。

いまならレクスくんに、なんでも思い切ったことができちゃいそう。

押し倒して、キスをせがんで……。

そしたら向こうからも、むさぼるように唇を求めてきて、そして——。

って、な、なに考えてるのあたしぃ！

レクスくんよりお姉さんなのに。ひとりでこんな、えっちな妄想……！

「だ、大丈夫かユフィ」

「う、ううん!? なんでもないよ、うん！」

あ、危ない危ない……。

あやうく淫乱ビッチだって引かれちゃうところだった。

「とりあえず、早く更衣室まで行って着替えないとだな」

言いながら、レクスくんはシャツの裾に手をかけ……って、ええ!?

は、恥ずかしげもなく、ガバッて脱ぐなんて……！

どうしよう。彼の、上半身が裸でも気にしてない、大胆で男らしい感じ。

オトナっぽくてドキドキしちゃう……！

「俺の服羽織れば、更衣室までなら誤魔化《ごまか》せるだろ。ゆったりサイズの男物だから、たぶんユフィも着られると思う。はい」

あたしのほうを見ないよう気遣いながら、シャツを差し出してくれるレクスくん。
……ああ、やっぱり紳士だなぁ。
こんな状況なのに冷静に、あたしのことを思って動けるんだもんなぁ。
あたしなんか、この状況を利用して、邪《よこしま》なこと考えちゃってるってのに。
やっぱり、精神年齢が子どもなんだろうな。はぁ……病む。
一番年上だから、お姉さんらしく振る舞わなくっちゃって、いつも思う。
誰かに必要とされたくて、認めてほしくて、嫌われたくなくて。
お願いされたらうれしくて、断らないで、がんばっちゃって。
でもいつも空回って、うまくいかなくて、迷惑ばっかかけちゃう。
なのに――レクスくんは、見放したりしない。いまみたいに、絶対に。
初めてだったんだ。
あたしのダメダメな本性を知ってもなお、お友達だって思ってくれた人は。
仲間だって必要としてくれて、認めてくれて、求めてくれた人は。
だからだよ？　あたしがレクスくんのこと好きになっちゃったのは。
全部、レクスくんのせい。
レクスくんのその優しさが、あたしを狂わせちゃうの。
なら今だって――正気を忘れちゃっても、いいってことだよね♪

「ねえ、レクスくん」

コクッと唾を呑《の》んで、あたしは一歩、踏み込んでみる。

「レクスくんが着せてよ。それ、あたしに」

「……は、はあ!?　なに言って」

慌てたようにこっちを見るレクスくん。

思惑通り。ああ言えば、レクスくんは絶対、振り向くと思ってた。

だからあたしは――、

「って、胸！　見えてるから！　隠せって……！」

腕で押さえていた胸を解放していた。

重さで腕が痛かったのもあるけど。

彼にならなら全部、見られてもいいって思えたから。

むしろ、見てほしいから。隅々まで、全部。

「今さら気にする間柄でもないでしょ？　あたしたち、何年寝食を一緒にしてたの」

「一線は引いてたじゃん！」

そう。紳士なレクスくんは、常に一線を引いてくれていた。

女の子扱いしてくれた。女の子なんだからって、優しく大事にしてくれた。

こういうとき、ちゃんと目を逸《そ》らすって気遣いを忘れなかった。

あたし、それがすっごくうれしかったんだよ。

……でもね、レクスくん。

あたし女の子だけど。

三人の中では一番、〝女〟でもあるんだよ。

「衣装、千切れちゃったから押さえてないとだし。こっち見てもいいから、それ、レクスくんが着せてよ。ね？」

女であることだけは、ノエルとアイナに負けてないと思うから。

それが、目を伏せてたじろぐレクスくんへ近づく、力になっていた。

つい油断すると、あたしなにやってんだろって冷静になっちゃう。

恥ずかしさで死にそうになる。

でもその瞬間、負けが決まる。

冷静になるな。狂い続けろ。

ふたりを出し抜くチャンスなんだから……！

「い、衣装はもう脱げばいいだろ？　頼むから、ほんと……自分で着てよ」

もう、レクスくんってば頑《かたく》なだなぁ。

あたしは、シャツと一緒にこちらへ突き出している彼の手を、そっと握り。

自分の胸元へ抱き寄せた。

「──っ!?」

あたしの柔らかい胸の谷間に、彼の手が沈む。

たちまち、レクスくんはビクンッてなった。かわい♪

ここからさらに、もう一歩踏み込んで……！

「そんなに、あたしのこと見たくない？　でもそうだよね……おっぱいばかり大きくて、だらしない体だもんね」

「ちがっ！　そういうんじゃなくて──」

「──あっ！」

レクスくんが、慌てたように腕を振り払う。

あたしは思わず、その腕を引き留めようと力を込めてしまった。

レクスくんより力の強いあたしが、急に負荷をかけちゃったせいだろう。

バランスを崩した彼は、あたしのほうへ倒れそうになった。

一瞬の出来事。なのにあたしは思いのほか冷静で、このまま押し倒されるだろう未来を想像して、心臓が破裂しそうだった。

けど。

「あ、ぶない！」

咄嗟《とっさ》にレクスくんは、倒れだしたあたしと入れ替わるように、引っ張り起こそうとした。

結果、あたしが押し倒したような格好で、ソファーベッドへふたり寝転がった。

あたしの目と鼻の先に、レクスくんの瞳がある。

「やっとこっち、見てくれたね」

でも、そうだよね。あたしの胸は、体は、シャツを脱いだレクスくんの肌に密着している。

彼の体温も、鼓動も、まるであたしのそれと溶け合ったかのように伝わる距離。

否《いや》が応《おう》でも目は合うし、逸《そ》らす理由だってないもんね。

「ど、どうしたんだよユフィ。今日、変だぞ？」

「うん、自分でもそう思う。でもね――」

あたしは、正攻法じゃ出し抜けない。

ナチュラルに距離を詰められるノエルにはなれないし。

皮肉を使って駆け引きできるアイナにだってなれない。

なら、強引な手段だとしても、武器を使うしかないんだもん。

「あたしはね、選ばれたかったんだよ。レクスくんの『一番』に」

「……衣装のこと？」

「レクスくんは優しいから、一番とか二番とかつけたくないだろうなって、わかってた。

それでも選んでほしかった。一番似合ってるって言ってほしかった。それが女心だもん」

「そうは言うけどさ……――っ！」

彼の言葉を抑えつけるように、あたしはグッと身を寄せた。

レクスくんの胸板に、あたしの柔らかいそれを、形が変わるほど押しつける。

「もしレクスくんが、二番とか三番をつけるのが嫌なら。方法はあるよ?」

「方、法?」

「そっ。一番だけど一番じゃない。二番だけど二番じゃない。そういう抜け道」

戸惑い、焦燥、高揚。

熟れた熱を発し始めたレクスくんの瞳を見つめながら。

大人のズルい言葉遊び《レトリック》を囁《ささや》く。


「あたしを、【一番最初の『二番目』】にするの」


「一番最初の……『二番目』?」

「うん、そう。いるでしょ、愛人とか妾《めかけ》とか都合のいい女枠」

私の端的な単語に、レクスくんは困惑していた。

「『一番目』を選べない、『二番目』『三番目』を作りたくない。なら、まだ一番がいない
いまの内に、【一番最初の『二番目』】を選べばいい。ね、いい抜け道でしょ?」

「屁理屈《へりくつ》だろ、そんなの」

「屁理屈《へりくつ》も理屈のうちだよ」

「う……だ、だいたい、そんな都合のいい話があるか」

「あるよ。あっていいんだよ。だってあたしが、都合のいい提案をしてるんだもん」

正攻法で勝てないのなら。

武器を駆使して、都合のいい抜け道を探すしかない。

「これはね、誠実で優しいレクスくんのために用意してあげられる、言い訳なの」

「い……言い訳？」

「レクスくんだって……興味あるんでしょ？　したいでしょ？　そういうこと」

「――ッ⁉」

ボッと着火したように、レクスくんは顔を真っ赤にした。

さすがのレクスくんも、あたしの言葉の意味するところは理解しているみたい。

「ならあたしは、それでもいいの。都合のいい女でも。……レクスくんが、一番最初に選んでくれるなら……」

なにかを言いたげに、口をぱくつかせているレクスくん。

もしこのまま考える時間を与えたら、きっと彼は、あたしを冷静にさせてしまう。

それができるぐらい、頭がいい子だもん。

だから、言葉を発する前に、彼の口を塞いじゃおう。

バクバクと脈打つ心臓の音しか耳に入らない中。

「だから、今日、いま、あたしのこと――」

あたしは、ゆっくりと顔を近づけて――


バァン!!


――び……っくりしたぁ!!

鼓動の音しか聞こえてこないぐらい静かだったのに、突然すんごい破壊音が鳴り響いた。

驚いて、音のしたほうを見る。

「こんなとこにいた、ユフィ」

「どういう状況か説明してもらうわよ」

蹴破られたドアの向こうに、メイド服風ミニスカビキニのノエルと、バニーガールなアイナが立っていた。

せっかくのかわいい衣装が台無しってぐらい、怖い顔をして。

まるでゴミを見下しているかのような目に、あたしの血の気がサー……と引いていく。

「なぁにをしてるかねぇ、君たちはぁ」

そんなノエルたちの背後から、もうひとりの女性が現れる。

いかにも大人！　って感じの麗しい声に、デコルテや肩が大胆に露出するほど着崩したキモノ姿。そして手には東洋の喫煙道具である『キセル』。

随所に雅《みやび》を感じさせるこの女性こそ、『ドリーミン・クラブ』の店長さんだ。

「この部屋、ＶＩＰルームなのよねぇ。一時的とはいえ、勝手に使われたら困るわけよぉ」

「……え？　びっぷ、るーむ？」

目を点にしたレクスくんが、あたしを見る。

そうなのだ。あたしがテンパって調子に乗って、『「特別なとき」に使う部屋』なんて表現しちゃったけど。

実は、ただのＶＩＰルームなの、ここ……。

「しかもウチは、未成年も来店可能な一〇〇％健全な優良店、って説明したはずよねぇ。なのに、ずいぶんいかがわしい香りを漂わせてるじゃない？」

「が、ガチの健全優良店……!?」

レクスくんが驚くのもわかるよ。

この雰囲気と衣装でそう言われても、説得力ないもんね。

「ＶＩＰルームの無断使用とお客様への過剰サービスには、罰則ありって伝えてたはずよねぇ？」

「罰則あんの!?」

「ごめんなさいごめんなさいごめんなさい！　すっかり忘れてましたぁ！」

今のあたしにはもう、謝る以外にできることがない。

床に頭を叩《たた》き付ける勢いで、店長さんとレクスくんに何度も頭を下げる。

「うんうん、いい謝りっぷりだねぇ。そういうのが素直にできるのは、いいことだよぉ」

不自然なほどニッコリと微笑《ほほえ》んで。

店長さんは、キセルの先を店の奥へ向けた。

「皿洗い、やっとけ？　ふたりで閉店までな」

＊＊＊

コンカフェの厨房《ちゅうぼう》は、なんだかんだでいつ何時《なんどき》も大わらわ。

洗い物も次々運ばれてきて、シンクの中に沈められていく。

「ごめんね、レクスくん」

終わりの見えないお皿洗いを続けながら、あたしは今一度、レクスくんに謝る。

「大丈夫、気にしてないから。ユフィも、突然のことで気が動転してたんだろ？」

う……。そういうふうに解釈してもらえていることが、却《かえ》って胸を痛ませる。

「俺も部屋のことちゃんと確認しなかったし、無関係とは言えない。連帯責任でしょ」

「……うん。ごめん。ありがとね」

ごしごし、ごしごし。

テーブルから下げられたお皿やグラス、厨房《ちゅうぼう》で使ったフライパンをせかせかと洗う。

その作業に集中していると、無言も気にならない……なんてことはなく。

あたしの頭の中では、なんであんな恥ずかしい行動起こしちゃったのかなって後悔が、ずうっと渦巻いていた。

やっぱ、レクスくんにドン引きされちゃったよね。

あたしが襲おうとしたようなもんだし。怖がらせちゃったよね。

きっと、今日このお皿洗いが終わったら、あのお家《うち》から追い出されちゃうんだろうなぁ。

……あ、やば。そんな未来を想像するだけで、辛《つら》くて泣きそう。

せっかく見つけられた居場所なのに。

ようやく必要としてくれた友達なのに。

昔みたいに、また見放されて、独りぼっちになっちゃうのかな、あたし……。

うえぇぇん……やだよぉ、辛いよぉ。

「さっきの、VIPルームでのあれ、さ」

ふと、レクスくんが口を開いた。

なにを言われるんだろう？　ってビクッてなっちゃった。

あたしの人生終了を覚悟して、レクスくんの次の言葉を待つ。

「俺の前以外で、もう絶対するなよ」

「……へ？」

思っていた言葉とは全然違かった。

一瞬、どういう意味なのかわからなかった。

洗い物の手もつい止まっちゃうぐらい驚いて、レクスくんを見る。

「いや、俺の前でならやっていい、ってわけじゃないぞ……！　この前の薪割《まきわ》り動画もそうだけど、危なっかしくて変なことに巻き込まれそうじゃん」

薪割り……。

うあっ、忘れてた痛い思い出がぶり返された！

でも、言いたいことは理解した。

不特定多数の人に『都合のいい女』って思われたら、そりゃあいろんな人が寄ってくる。

危ない目に遭う可能性も上がるもんね。

「まあユフィなら、乱暴されそうになってもひねり潰せるかもしれないけど」

「あたしそこまで怪力じゃないよ⁉　…………たぶん」

そりゃ、大きな斧《おの》を振り回してばっかだけどさ。

求められるからそればっかやってたら、力持ちになっちゃっただけで。

本質的にはか弱い女の子のつもりだもん。

「それでも心配はするよ。仲間だし……友達なんだし」

「レクスくん……」

その言葉がすっと耳に、そして胸の奥に染みこんでいく。

まだあたしと、友達でいてくれるってこと？

「……じゃああたし、まだあのお家《うち》にいていいの？」

「ああ。ていうか、ダメなんて一言も言ってないじゃん」

「……いまから言われると思ってた。出てけって」

「なんで？」

ナチュラルに聞き返してこないでよぉ！

そうだよ、あたしの被害妄想だよぉ。察してよぉ。

「でも、そっか。いていいんだ、あのお家」

こんなダメダメでヤバいやつなあたしでも。

まだ、みんなのそばを居場所にしてていいんだ。

うれしいなぁ。

「ふへ、ふへへへ」

「変な笑い方するなよ」

「えぇ〜？　だって〜♪」

レクスくんはまだ、あたしたち三人の誰をも選ぼうとはしない。

それは間違いなく優しさだ。この、仲がよく都合もいい関係と時間を、守りたいから。

ならまだ、あたしにも可能性はある。

今日は失敗しちゃったけど。やりすぎちゃったけど。

「まだみんなと猶予期間《モラトリアム》続けられるって思ったら、うれしいんだもん♪」

この時間が続く限り、単なる都合がいいだけの女の子じゃなく。

『一番目』の女の子に選んでもらえるチャンスは、絶対にあるってことだもん。

こんなあたしでも、ちょっとぐらいは望んだっていいよね？

そういう、都合のいい幸せな展開を。

＊＊＊

ちなみに、あたしたちの今後の、コンカフェでのお仕事についてだけど。

「店内でのルール違反にぃ、ドアの器物破損でしょぉ？　……クビだよね普通に」

「「「ですよね……」」」

うええん、ふたりともごめ〜ん!!

【第五章】　美女三人は泥棒猫なんかに負けたくない

ある日の朝。

俺たち四人はいつものように揃《そろ》って食卓を囲み、朝食を食べていた。

そう、いつも通りの光景だ。

俺の心模様を除いては。

「やべぇ……金がない」

食事中ずっと堪《こら》えていた心の内が、ついに漏れ出てしまった。

ノエルたち三人は、俺のことをポカンと眺めてから、

「え、どうしたの急に？」

「だからバイトしているんでしょう、私たち」

「も、もしかして稼ぎ足りない？　うぅ……ごめん」

「違う違う。みんなが悪いわけじゃなくて」

ある意味では、この豪邸を勢いでキャッシュ一括購入したノエルが遠因ではあるけど。

それは俺を思っての行動だったんだし、理由にはしない。

「やっぱ俺も、積極的にバイトしないとだよなぁって思って」

「「「──え!?」」」

何気なく呟《つぶや》いた一言に、三人がギョッとなった。

「あのレクスが」

「積極的にバイトを」

「しないとって思ってる?」

え、なにその反応。

「俺のこと、どう思ってたわけ?」

「「「絶対一生仕事したくないマン」」」

「ぐうの音も出ない……!」

そりゃあ、みんなが俺をヒモにしてくれた経緯を考えれば、自明の理だよなぁ。

「でもこの猶予期間《モラトリアム》自体、いつか俺に働く気が起きるまで……って話だったじゃん」

言いながら、食卓のパンを千切って口に運ぶ。

咀嚼《そしゃく》してる間、なんのリアクションも返ってこないのが気になって、三人を見る。

「……そんな約束だったっけ?」

「いえ。彼の記憶違いでしょう。そうに違いありません」

「した覚えないなぁ、その約束。レクスくん、夢でも見てたんだよ絶対」

「そんなに目が泳いでる人間、俺は初めて見たよ」

しかも、揃《そろ》いも揃ってコーヒーの入ったカップをガタガタ震わせて零《こぼ》しまくってる。

そのコーヒー、ダイニングテーブルに飲ませたくて淹《い》れたんじゃないんだけど？

でも図星だったのか、三人は慌てた様子で訊《き》いてくる。

「じゃ、じゃあレクスくん、どんなバイトがしたいの？」

「ていうか、できたの、やりたい仕事？　ほんとに？」

「私たちが働くより稼げるんですか、それは？」

俺のやりたいバイト……か。

「それを言われると……確かに、ちょっと困る」

先日、魔導書作り体験会の仕事をアイナが請けたとき。ついでにどんなバイトがあるのか、興味本位でいろいろ訊いたのを思い返す。

魔物の討伐、要人護衛、畑仕事の手伝いなどなど。

でも結局、どれも『やりたいバイト』かと訊かれると、判断が難しい。

「じゃあいいじゃん、ヒモのままで」

「働く気がないのに働かれても、その職場に迷惑なだけです」

「まだ働くには早いってことだよ！　ゆっくり休んでればいいじゃん、ねっ！」

「そう……なのかなぁ」

言いながら、俺は野菜のうま味の溶け込んだスープを口に含む。

優しい味が舌に広がる。起きて間もない胃には、このぐらいの味付けがちょうどいい。

でも舌鼓を打ちながら——やっぱりどこかで思うんだ。

三人にばかり働かせて、こんなふうにのんびり朝食を摂《と》っているような状態を続けてて、本当にいいのかなって。

そんな俺の心境を察してなのか、ノエルたちがさらに言葉を重ねる。

「レクスの生活費はわたしが稼いでくるから。必要なものとか欲しいものがあるなら、それで揃えなよ」

「いえ、私が稼いできます。家計のこともありますしお小遣い制にはなりますが、不満のない額は支給しますから」

「あ、あたしのほうが稼ぐよ！　稼げるよ!?　体張ってでもお仕事がんばる。欲しいものだってなんでも買ってあげる！」

三人が妙に前のめりになって提案してくれるのは、正直うれしい。

こんなダメ人間のために、そこまでしてくれるなんて。

ただ……。

「さすがに今回は、人様に解決させるわけにはいかないかなって。俺自身でちゃんと稼いで用意するべき金だと思う。甘えられないよ」

すると目の前の三人は、俺の言葉に、さらに焦ったようなそぶりを見せる。

「レクスくん……ほ、本当に働く気？」

「そんなにバイトに前向きなんて、貴方《あなた》、熱でもあるのでは？」

「大変だ、寝てなよ。代わりに稼いでくるから、わたしが」

「いえ、私が薬代も含め稼いできます」

「ううん、わたしが薬も買ってくるし、ご飯も準備するよ」

「じゃああたしは、ゆっくりじっくり留守番しながら看病してあげるね♪」

「――おい、なにいけしゃあしゃあと」

そしてなぜか三人は、互いに譲らず小競り合いを始めてしまった。

なんだなんだ？

「そ、そこまで言うなら……とりあえず四人でバイト探しに行くか？」

彼女たちの真意が読み取れず、安パイそうな提案をしてみると。

「それがいい。そうしよう。それしかないよ絶対」

「それで、貴方に適したバイトなんてないと思い知ればいいんです」

「結局あたしたち頼みになるって、わからせてあげるんだから！」

ガバッと身を乗り出して、いっせいに圧をかけてくる三人。

どうやらみんな、それほど俺を全力で養いたいらしい。

俺……ほんと、いい仲間に恵まれたなぁ。

＊＊＊

とはいえ、今回は頼り切るわけにいかないのも事実なので、さっそく協会にやってきた。

受付嬢に声をかけて、手軽なバイト的な依頼を探してもらう。

その待ち時間のことだった。

「あっれ～？　レクスじゃん。どったの～？」

聞き馴染《なじ》みのある女性の声で振り返る。

立っていたのは、オレンジのショートヘアが眩《まぶ》しい、快活そうな女性だった。

協会の制服に身を包んだ、ザ・事務職といった装いの女性。

その顔と名札に書かれた『シルヴィア』という名を、俺はよく知っていた。

「おお、シルヴィー。お疲れ。てか本当に協会で働いてたんだな」

「そだよ～。そりゃ、なかなかすれ違わないよね。ここ部署も人も多いし」

するとシルヴィーは、思い出したように訊《き》いてきた。

「ていうか、なにしに来たん？　銅像まで建ててもらった天下の勇者パーティー軍師さまが、わざわざさ」

「ああ。例の件でちょっと入り用で……。依頼探し」

「あ～……。だとしても、私がいるところに来る、普通？」

「しょうがないだろ、冒険者としての仕事を探しに来てんだから」

シルヴィーは「そりゃそっか～」とケタケタ笑った。

ああ、このカラッとした感じ、全然変わってないな……。

と、懐かしんでいたときだった。

「ごめんね、盛り上がってるところ」

シルヴィーを遮るように、ノエルたちが俺の前にズイッと割り込んできた。

「あなた、どこの誰さん？」

「私たちの軍師の彼とは、どういうご関係で？」

「うふふ……お姉さん、気になっちゃうなぁ♪」

にこぉ……と笑う三人。でも目が笑ってない。なんか怖いよ。

「あ、私ですか？　すみません、自己紹介が遅れて」

シルヴィーはノエルたちの怖い目を気にもとめず、ぺこりと頭を下げる。

「シルヴィア・ハーマンです。元冒険者で、現在は冒険者協会、王都本部の事務員をしています。レクスとの関係は、なんていうか……」

彼女は、慣れ親しんだ相手にこそノリは軽いが、基本は真面目な人間だ。

俺なんかよりうんと社会人スキルが高い、有能なしっかり者。

俺が代わりに紹介しなくたって、安心してその挨拶を眺められ――、

「昔の女ってところです」


「「……………は？」」

え？ なんだって？

「「…………はぁ!?」」

怖い顔でこっち見ないで!?

「よぉし、レクス。ちょっと詳しく話そっか。こっち来て」

「詮索するのも無粋とは思ってましたが、さすがに不潔すぎですね、これは」

「ていうか、彼女いたことないって言ってたよね？ ウソついてたの？ ウソつかれてたの、あたしたち？ そんなことないよねぇ……ねぇ!?」

鋭い目が――一名、光を失った涙目が――ずらりと並び、俺はさすがに一歩後ずさる。

いや、そもそもがだ！

「シルヴィー、言い方！ それは誤解しか招かんから！」

「あれ？ そんなに変だった？ 昔の女って」

「……もういい。俺が説明する」

そういえばシルヴィー、こういうところあったっけ。

壊滅的なまでに言葉選びが下手なんだよな、この子。

「シルヴィーは、ノエルたちと出会う前に組んでたパーティーのメンバー。それだけ」

「それをどう言い換えれば『昔の女』になるというんですか」

「それはシルヴィーの言い方に問題があっただけで……」

「しかも『シルヴィア』なのにね、名前。あだ名呼び？」

「羨ましい……。あたしたち、あだ名で呼ばれたことないのに。呼んでほしいのにぃ！」

「別にあだ名いらないじゃん、みんな名前短いんだから」

ノエル、アイナ、ユフィ。

この短くわかりやすい名前で、わざわざあだ名なんて必要かな？

「そういう問題じゃない」

「そういう問題じゃありません」

「そういう問題じゃないもん！」

えええ……なんでそこでハモるの。

「あはは、レクスってばモテモテじゃん。魔王倒した仲間ってのは伊達《だて》じゃないね」

「いや、別にこれ、モテてるからこうなってるわけじゃないだろ」

またシルヴィーはいらんことを……。

ノエルたちも、なんか知らんけど顔赤くして黙っちゃってるし。

大人しい様子も逆に怖いのよ。『そういうんじゃありませんが？　迷惑なんですが？』的に怒ってるってことじゃないの、これ？

「てかさ。仕事探してるならちょうどよかった」

するとシルヴィーは、俺たちの仕事探しを対応中だった受付嬢に「私が預かるよ」と声をかけ、作業を止めさせた。

そして俺たち四人を窓口から離す。

「バイト感覚でいいならさ。冒険者向けじゃないいんだけど、お願いしたい仕事があるの。手軽にサクッと稼げるバイト的な依頼は、レクスたちに頼むより歴の浅い冒険者に回してあげたいし」

「ああ、確かに……」

俺たちは――というかノエルたちなら、国が抱えている最上級難度の依頼だって容易《たやす》くこなせる。そのぐらいの実力を持っている。

そんな勇者パーティーがバイト感覚の軽い仕事ばかりこなしていたら、後進育成の観点だと機会損失にしかならないもんな。

さすがにちょっと虫がよすぎるか。

シルヴィーは「興味があるなら」と前置きしてから、言った。

「ざっくり言うと、私たち協会職員の補佐のバイトなの」

「えっ。協会の仕事って公務員だろ？　試験とかどうなるんだ？」

「バイトを募ってる仕事は、基本的に誰でも可な仕事。だから試験はないよ。てかレクスたちが魔王倒したおかげで、その辺は前より緩くなったの」

なるほど。

魔王の脅威が去ったいま、魔王軍の勢力は小康状態だもんな。

冒険者の重要度が減ってきている分、協会の仕事も条件緩和されてきているのか。

「いま人手が足りてないのは、『受付補佐』『迷宮階級《ダンジョンランク》の見直し』『パーティー求人の書類作成』『登録魔導書の整理』ってところかな」

「全部で四つか」

「レクスほどの経験者なら、どれでもそつなくこなせると思うよ。なんなら四つ全部担当してがっぽり稼いでもいいし」

「いや、さすがにそれは身が持たない――」

と、言いかけたところで。ノエルたちがズイッと身を乗り出してくる。

「それ、わたしたちも受けれるんだよね、四つもあるんだし」

「はい。むしろ勇者パーティーのみなさんが手伝ってくれるなら渡りに船です。知見たくさん持っていらっしゃるでしょうし」

「えへへ……頼られちゃったら、お姉さん断れないねぇ♪」

「魔術関連は私が適役でしょうしね」

あれ？　なんか、みんな思ったより前のめりだな。

「わたしたちで引き受けるよ、全部。だから、レクスはお留守番してて」

ノエルの言葉に、アイナとユフィもうんうんと頷《うなず》く。

ヒモしてる俺のために、そんなに全力で稼ぎたいってことか？

うーん。今回入り用になってる理由を考えると、ますます申し訳なくなってきた。

「いや、俺もバイトするよ。四人一緒の職場ってのは、ちょっと楽しそうだし」

「そう言ってくれると助かるよぉ！『迷宮階級の見直し』なんかは、経験豊富で詳しいレクスが手伝ってくれると、助かるなぁって思ってたの」

シルヴィーは安心したように言う。頼ってもらえるのは、悪い気がしないな。

それに、ノエルたちと一緒の職場でバイトできるなら楽しそう、というのは紛《まぎ》れもない本心でもあった。

「決まりだな。協会で四人一緒に働いて、資金繰りするか」

これも、旅してきた俺たち冒険者をずっとサポートしてきてくれた協会への、ひとつの恩返しと思うことにしよう。

そう、ひとり気持ちを新たにしていた後ろでは、

「わたしが稼ぐって言ったのに」

「私が稼ぐと言っているのに」

「あたしが稼ぐって言ったのにぃ」

「君たちホント勤勉だね。すごいよ」

でも、そんながむしゃらに働こうとしなくても。

頼むから、体だけは壊さないでくれよ？

＊　＊　＊

そして、翌日。

俺たちはさっそくバイト初日を迎え、協会職員の制服に着替えて会議室に集まっていた。

シルヴィーは指導役として、この場にいる。

「今日はみなさんとオリエンテーションをしたいと思います」

シルヴィーはそう明るく言う。

だが俺とノエル、ユフィは、聞き慣れない言葉に首をかしげた。

「「「オリエンテーション？」」」

「実際に働く前に仕事の概要を座学で覚えたり、ロープレ……つまり模擬的に実践する時間のことですよ」

アイナがサラッと補足を入れる。思わず「おお～」と唸《うな》る俺たち。

その様子にシルヴィーも満足げだった。

「その通りです！　さすがアイナさん」

「いえ、このぐらいは自然と身につく知識ですから」

アイナは褒められても、なんでもないことのようにドライに振る舞った。

「実際に現場へ出る前に、協会の理念とか組織目標を共有するのは大切です。職員全員が一丸となって、冒険者のみなさんをサポートしてかないといけないからです」

これまでも旅先で協会に立ち寄っては、路銀稼ぎに依頼をこなしてきたけど。

確かに、どこの協会に行っても職員のサポートの質は一定して高かったな。

サービスに差が出ないよう、目標設定とかを徹底してきた賜物《たまもの》ってことか。

「まあ、勇者パーティーのみなさんなら、いまさら説明するまでもないでしょうけど」

「うん。だから飛ばしちゃっていいよ」

「ダメだダメだ」

シレッと変なことを口にするノエルを、全力で止める。

「なんで？　説明するまでもないんでしょ？　第一、楽しくなさそう。座学なんて」

「そうかもしれないけど。正直に言うこたないだろ」

「あはは！　いいよ全然。気持ちはめっちゃわかるし。ダルいよね～座学」

シルヴィーまで急にフランクになっちゃって……。

指導役の正社員がそれでいいのか？

「なので、座学の内容はレジュメにまとめたので、ヒマなときに読んどいてください」

「……さては最初からやる気なかったな？」

「まぁね～」

ぽぽぽ～いと俺たちの前にレジュメを配るシルヴィーは、ペロッと舌を出して笑った。

まったく……。この軽いノリと効率重視な性質は、冒険者時代の職業が盗賊《シーフ》だった名残なんだろうな。

「今日はもうさっそく、楽しくロープレして仕事の流れを覚えましょう！」

「楽しく……っ！」

気怠《けだる》げだったノエルも、その一言にはピンと背筋を伸ばした。

一方で。

「い、いきなり模擬実践かぁ……。うまくできるのかなぁ。失敗して笑われたら生きていける気しない……うう、ネガティブに呑《の》み込まれる……！」

ユフィはこの世の終わりみたいな真っ青な顔をして、頭を抱える。

「大丈夫だって。模擬なんだから。失敗したって誰も笑わないよ」

「ふぇぇぇん！　レクスくんの優しさと気遣いが染みるよ〜！」

ユフィは目に涙を浮かべながら、俺にガシッと抱きついてくる。

この子はいつもこうだな……。放っておけない二十四歳児だよ。

「レクスの言うとおり、適性を見るゲームみたいなものですから、気軽に楽しく参加してください。魔王討伐を成し遂げたみなさんなら、なにかしら適性はあるはずですし」

そうシルヴィーはまとめに入り、

「むしろ、これでなにもなかったら魔王討伐疑っちゃいますよね！　あはは！」

「「「……は？」」」

言い方ぁ！　無自覚に煽《あお》るなぁ！

ほんとシルヴィーは……。冗談のつもりなんだろうけどさ。

「いいよ。目に物を見せるから」

「そこまで言われたら黙っていられないわ」

「ダメダメなあたしにだって、意地があるもん……！」

案の定、闘争心を燃やし始めた三人。

……発破をかけるって意味では成功している……のか？

＊＊＊

ロープレでは、シルヴィーを冒険者に見立てた依頼受付業務をすることになった。

一番手はノエル。

受付カウンター風に移動させた長テーブル越しに、シルヴィーとノエルが対面する。

「すみません、依頼を探しに来たんですが」

「ん。じゃあ免許証、見せて」

そう、普段通りのノリで対応するノエル。

手順は間違ってないんだが……せめて丁寧語は使ったら？

シルヴィーは、いまは身分証明書代わりに使っている冒険者免許証をノエルに渡す。

それをマジマジと見ながら、

「……で？　レクスとはどのぐらい一緒に旅してたの？」

「へ？」

「いきなりなにを詮索してるんだ」

いかん、ノエルのロープレなのに、思わず外野からツッコミを入れてしまった。

「でも大事でしょ、その人の来歴を知るのは」

「ピンポイントすぎるから。もっと他に訊《き》くことあるだろ？　どんなパーティーに参加して、どんな活動をしたのか……とか」

「じゃあ……レクスとパーティー組んでたのは何歳のころ？　どんなふうに連携とって、どれだけの魔物を倒したの？　ちなみに一緒に魔王倒したよ、わたしは」

「マウント取るのやめなさいっ」

なんで受付役がむっふーとドヤ顔で対応してんだよ。

これにはさすがのシルヴィーも、困ったように笑いながら、

「来歴を把握してその人に合いそうな仕事を紹介するのは確かに大事なんだけど……さすがに質問がプライベートすぎるかな？　根掘り葉掘り訊きすぎるのは、ちょっとマナー違反かもね」

直後、ノエルは焦ったように席を立った。

「――っ！　つまりふたりの間に、訊かれたくない事情があるってこと……!?」

「解釈が右斜め上すぎるだろ！」

以上を踏まえての、ノエルのロープレの結果報告。

思考暴走につき、受付業務不可。『パーティー求人の書類作成』業務に配属決定。

続いてはアイナのロープレだ。

「依頼の受付ですね。免許証を拝見します」

さすが、日頃から落ち着いた物腰で知性的なアイナだ。

受付業務が板についているのがひと目でわかる。

「今回は単独での活動をご希望ですか？」

「はい。わりと器用なほうなので、簡単な依頼ならひとりでこなせるかなって」

軽そうに言うシルヴィー。

これはあくまでもロープレ。つまり一種の芝居だ。シナリオありきの発言だ。

……が、どうやらそうとは割り切れない人が、ひとりいたようだ。

「へぇ、そう。器用だから、簡単な仕事なら、ひとりでこなせると……ほう。それはそれは、ずいぶんとご立派なお話で」

アイナは妙に圧をかけて反抗する。

心なしか、どす黒いなにかが全身から滲《にじ》み出《で》ているような……。

「いますよね。なんでもかんでもそつなくこなしちゃって、故に天才だ有能だと自己評価を歪《ゆが》めて、世の中を甘く見ている人種。あなたもそのひとりでしたか」

「……え？」

「ストップストップ!!」

なんでこのタイミングで、クソでか感情溢《あふ》れ出させるかな！

シルヴィーだって困惑してんじゃゃんか。

「依頼を請けにきた冒険者相手に個人感情ぶつけるなって。だいたいこれ、ロープレ」

「……ふん。貴方《あなた》はそうやって、彼女の肩を持つんですね。よいのではないでしょうか？　私は別に気にしていませんが。……べ・つ・に」

うわぁ、絶対気にしてる物言いだ。

「まあでも、いろんな冒険者を平等に対応しないといけないからね。中にはイラッとくる人もいるのは事実だよ」

シルヴィーはそうフォローを入れる……が。

「そういうときは、笑顔だけ作って心の中で『バーカ、ザーコ、迷宮《ダンジョン》で三日三晩迷子になって死にかけてこいや、ハゲー！』って思っておくとスカッとするよ」

「正社員が妙なこと吹き込むな！」

「わ、私はそんな裏表激しくありません！」

以上を踏まえての、アイナのロープレの結果報告。

コミュニケーションに難あり、受付業務不可。『登録魔導書の整理』業務に配属決定。

続いてはユフィのロープレだ。

「いらっしゃいませ！　依頼受注をご希望でしたら、免許証の提示をお願いしまーす！」

ユフィはそう、満面の笑みでシルヴィーを迎え入れる。

普段はすぐ病んでえぐえぐと泣いたり、情緒不安定気味に暴走するユフィ。

だが実はこういうとき、誰よりも器用に立ち回れるのが彼女だった。

本人曰《いわ》く、周りに必要とされるために必死にこなしているだけらしいが。

それにしてはバリバリ働けている感がすさまじい。

「盗賊《シーフ》の方向けですと、こちらの依頼が現在受注可能です！」

「じゃあ受諾しますので、手続き進めてもらえますか？」

ユフィは、ロープレ用に準備された受注手続きの書類に、必要な情報を埋めていく。

その様子をシルヴィーは眺めながら、

「うん、ユフィさんは受付業務に適性ありそうですね」

「ほんと!?」

「対応もスムーズだし、書類作成も手早いし。頼りになりそう」

「えへへへ〜。そんなことないよぉ〜♪」

うわぁ、『頼りになりそう』の一言で目キラッキラさせてる。

褒められるとすぐこれだからな、ユフィは。

もちろん、仲間の能力が認められるのは、俺としてもうれしいけど。

「ただ依頼内容の備考欄にもしっかり目を通して。大事なこと書いてあったりするから」

シルヴィーが指さした依頼書の備考欄を見て、ユフィは「あ、ホントだ」と気づく。

推奨パーティー人数について補足があったのだ。

「えっと……このご依頼は、推奨パーティー人数がふたりからとなってまして。どなたと向かわれますか？」

「そうですね。じゃあ……」

そう、シルヴィーは俺のほうをチラリと見る。

ああ、なるほど。俺もロープレに加わってほしいってことか。

俺がその意図を汲《く》んでシルヴィーのそばに近寄ると、彼女は俺の腕をグッと引き寄せて、

「レクスと一緒に請けようと――」

「だめぇぇぇぇー!!」

うるっさ!!

突然のユフィの絶叫に、耳がキーンとなった。

「レクスくんは関係ないでしょ!?　連れてっちゃダメ！　レクスくん盗《と》らないでぇぇ！」

「いや、これロープレ。実際に俺が連れてかれるわけじゃないから」

涙目になって訴えるユフィに、どうにかフォローする俺。

一方のシルヴィーはぽかーんとしている。無理もないけど。

シルヴィーは、まるでユフィの地雷を探るように慎重に、

「えっとぉ……じゃあノエルさんにお願いしよう……かな？」

「ぐすっ…………許可します」

「え、わたしの意思は？」

すまんノエル。今回ばかりは最初から、そんなものは期待できなそうだ。

以上を踏まえての、ユフィのロープレの結果報告。

受付業務に適性あり？　『受付補佐』業務に配属決定。ただし人間関係には要注意。

最後は俺のロープレだ。

免許証と相手の職業の確認、勧められる依頼の選定、手続きに必要な書類の作成。

旅先で受注するときに何度も見てきたそれらの作業を、受付目線に立って思い出しながらこなしていく。

その様子やロープレの結果を受けて、シルヴィーは言った。

「うん、レクスはなーんの問題もないね。バッチリ完璧だ」

「え？　そ、そうか？」

拍子抜けだった。

俺としては、受付業務として『当たり前にやるべきこと』をしただけ。

しかもそれは、別に『完璧』でもなんでもない。

それを正直そのまま、シルヴィーに伝えたのだが。

「受付の仕事……っていうか事務員の仕事って、それでいいんだよね、極論」

オリエンに使った書類をトントンとまとめながら、シルヴィーは続けた。

「冒険者のため平等かつ公平に対応する。それって結局、『当たり前にやるべきことを当たり前にやる』ので十分なんだよ。じゃなかったらサービスの質に差が出て、優劣もついちゃう。どこまでいっても公務員だからね」

言われてハッとする。

だから協会の対応やサービスは、いつどこに行っても一定で『質が高かった』のか。

「まあ、レクスがそつなくこなせるのは、最初からわかりきってたことだけど」

「買いかぶりすぎだろ」

「でも事実でしょ？　結果が示してる」

まとめた書類を――その結果が詰まっている紙を、シルヴィーはポンと叩《たた》く。

「今回の件、レクスたちにお願いして正解だった。ありがとね。めっちゃ頼りにしてる」

その笑顔は、言葉は、俺の胸の奥で驚くほど明確に、高揚感へと変わった。

……一方で。

会議室を出ようとするシルヴィーを眺めていると、背後からなにやら妙な気配を感じて、思わず振り返る。

ノエル、アイナ、ユフィはなぜか、ワナワナと震えているように見えた。

「「「……できる女だ……っ」」」

そう、うわごとのように口を揃《そろ》えた三人。

まあ、わかるよ。今日のシルヴィーのしごでき上司感、すごかったもんな。

＊　＊　＊

オリエンを経て実際に働き始めてから、数日が経《た》った。

俺たちはそれぞれ配属された部署で、まだ不慣れなところはありつつも、それなりに充実した労働の日々を送っていた。

そんなノエルやアイナ、ユフィを労《ねぎら》いたい気持ちもあって、今日の夕食当番だった俺は、疲労回復とスタミナのつきそうなおかずを、大皿で三品も用意した。

三人とも、きっと満足してくれるに違いない。

そう、四人揃って夕食を摂《と》るのが楽しみだったんだけど。

「「「………………」」」

さっきから三人ともテンションが低い。

ノエルはつまらなそうにしているし、アイナはドライさに磨きがかかってムスッとしているし、ユフィは心ここにあらずといった放心状態。

食卓がどよ～んとした空気でいっぱいだった。

「どうしたんだよ、みんな……」

「んー、別に？」

「いつもこんな感じでは？」

「むしろコレが素だよ……はぁ、病む……」

そんなわけないだろ。

普段はもうちょっとワチャワチャしてるじゃん。

特に夕飯時なんて、いつも待ちきれないと言わんばかりに……。

あ、そういうことか。

「今日の夕飯、美味《おい》しくなかったかな？」

「ち、違うよ！　そんなことないよ！」

慌てたようにユフィが身を乗り出す。

「美味しいよ、すごく美味しい。うわぁ、元気いっぱいになるなぁ美味しくて！」

「うれしいけど、急に語彙力落ちたな」

すごい勢いでパクパク食べるユフィは、ありがたいけどわざとらしくも感じる。

なにをそんな必死になってるんだろう……。

それぐらい理由を隠したがっている、ってことなのかな？

するとノエルが観念したように口を開く。

「じゃあ、一個質問。レクス、いま楽しい？　バイト」

「唐突だな。それがなんの……」

と、今度はアイナとユフィまでが前のめりになって言う。

「いいから答えてください」

「あたしたちの問題にも繋《つな》がるのっ」

えええ、なにその圧のかけ方。

けど、いまのバイトが楽しいか、か。

俺はここ数日の、協会でのバイト風景を思い返す。

「……正直、思ってたよりは楽しいかも」

「「「……ッ!?」」」

俺の答えを聞いて、少しだけ――ほんの少しだけ、三人の肩に力が入った気がした。

「凱旋《がいせん》してからずっと、いま働くのなんて無理、もっとゆっくりしてたい……って思ってたのは本当。だけどいざ働いてみると、人から感謝されるし、やりがいも感じるしさ。なんだかんだ楽しんでると思うわ」

オリエンのときに抱いた、高揚感。

ここ数日の仕事終わりに感じている、達成感。

その源泉を言語化すると『感謝されることへの喜び』に辿《たど》り着く気がした。

「俺、褒められるのは苦手だけど、誰かの役に立ててるのはうれしいみたいなんだ。いまのバイトもそうだし、よくよく考えりゃこのパーティーで僧侶と軍師を兼任してるのもそう。俺のやりがいを感じるスイッチってそこだったんだなって気づかされたよ」

みんなと一緒に旅をするのは、本当に楽しかった。

それは、このメンバーで冒険ができたから、というのはもちろん大前提。

でも僧侶として軍師として、彼女たちの役に立てることがうれしかったのも事実。

ノエル、アイナ、ユフィという、とんでもなく優秀な冒険者の役に立てたんだという実感と、彼女たちからの感謝の言葉が、気恥ずかしくもうれしかったからだ。

そしてそれに近い喜びを、魔王討伐を成し遂げたいま、協会のバイトで得られている。

だから充実しているように感じるんだろう。

もっとも……。

それに気づくきっかけもまた、ノエルたちがもたらしてくれたってことも間違いない。

四人で働けるのならと協会のバイトを始めなければ、気づくのはもっと遅くなっていたかもしれないし。

そのことに関して、改めて三人に感謝しようと、言葉を組み立てていたときだ。

「レクスが……」

「変わりました……」

「か、変わっちゃった……」

なぜか三人は、驚いたような顔つきで声を漏らした。

ワナワナと、何かを恐れているかのようですらある。

え、なんか俺、変なこと言った？

ユフィは、恐る恐る尋ねてくる。

「ち、ちなみにだけど……。もし、もしもだよ？　協会から社員登用の話とか来ちゃったら、レクスくんどうするの？」

いまの協会の仕事に、社員登用か……。

需要が縮小傾向とはいえ、冒険者って職は決してゼロになる仕事じゃない。

その冒険者のための公職なら、一般職よりは波もなく安定はしているはず。

加えて、国が用意した重役ポストよりも、自分の身の丈に合った仕事な気はする。

俺は少しだけ、猶予期間《モラトリアム》後の自分の姿を想像してみてから、言った。

「わかんないけど。話ぐらいは聞く、かも？」

まあそんな虫のいい話、おいそれと転がってくるとは思えないけどな。

俺はバイトだから必要とされているだけで、社員としては力不足……なんてことも全然ありえるし。

あるいは、バイトだからこうして『やりがいが』とか言っていられるんだって説も。

だから変に深刻に考えたりせず、もしも話として軽く流しただけ……のつもりが。

「ふーん……」

「そう……」

「へぇ……」

ええ……。なんで三人とも、そんな落ち込んでんの？

「も、もしもの話だろ？　そんなマジになんなくっても……」

そうフォローしたのだけど。

ノエルたちはその後も落ち込んだまま、食事だけは平らげて自室へと散っていった。

まあ、夕飯をちゃんと食べてくれただけマシか。

健康は大事だもんな。

【ＳＩＤＥ：ガールズ】

レクスたちが共同生活を送っている家——というか屋敷には、大きな浴室がある。

レンガ造りの浴室内にはシャワーブースがふたつと、大きな湯船がひとつ。

張られている湯はさすがに温泉とまではいかないが、体を癒やすには十分すぎる。

なにせ、広めに間隔を空けても三人横並びが余裕で、うんと脚を伸ばせるぐらいの大きさがある湯船なのだ。

造りそのものはシンプルでも、総じて、おおよそ一般家屋ではあり得ない設備。

そんな至高の浴室をいままさに利用しているのは、ノエル、アイナ、ユフィの女子三人。

——だが残念なことに。

癒やしのバスタイムを堪能、とはいかなかった。

「絶っっっ対シルヴィアがいるからだよおおぉぉぉ!!」

ユフィは湯船に浮かびながら、悲痛な叫びを響かせた。

ちなみに『浮かびながら』というのは比喩でもなんでもない。

トランジスタグラマーな体は、浮き袋代わりの豊満な胸により、顔だけを水面に出している状態で水平に浮いていた。

器用さここに極まれり、である。

「可能性は高いわね。オリエン以降、あの人、ものすごく活《い》き活《い》きし始めたし」

湯船の縁《へり》に腰掛けて、アイナが嘆息混じりに言う。

締まるところは締まり、けれど健康的な膨らみをしっかり備えるアイナの体躯《たいく》は、ごく一般的な価値観に照らせば『バランスの取れた肉体美』と言えるだろう。

ユフィほどではないが、その存在感がハッキリする程度には胸もふっくらしている。

もっとも本人は、着る服によっては太って見えてしまうため、歓迎してはいない。

「あの子がレクスの働く意欲に火をつけさせた説は、あり得そう、めっちゃ」

シャワーを終えたノエルがやってきて、ゆっくりと湯船に浸《つ》かる。

剣士として鍛えられた肢体。けれど女性らしい曲線が随所に表れている。

その健康的なスレンダー体形は、これまで異性だけでなく、同性すらも虜《とりこ》にしてきたほど魅力的だ。

ただ他ふたりと比べ、胸が控えめなことにちょっとした悔しさは覚えていた。

小ぶりの美乳という自覚こそあるが、なんでここには『才能』が発揮されなかったのか、と不満は尽きない。

「でもまさか、こんな形で伏兵が現れるなんて」

ノエルの一言にふたりも、レクスとシルヴィアのやりとりを思い返す。

やたらと距離感が近く親密そうで。

レクスの能力を頼ったり褒めたりするのも上手で。

なにより仕事においては三人より優秀なレクスの上司。

自分たちの目標を達成する上で、圧倒的な障害であることを痛感する三人。

突如としてレクスの前に現れたシルヴィア女史の存在を、一言で形容するなら――、

「「「……泥棒猫め……」」」

レクスのそばをかっ攫《さら》おうとしている、圧倒的強者。

それに尽きると思った。

なまじ前職が盗賊《シーフ》だっただけに。

「でも大丈夫だよ！　あたしたちのほうがうんと仲いいし。ずっと旅もしてきて、魔王だって倒して名をあげてもいる。ここはもっと余裕ぶらないと！」

「彼が名誉に興味ないのは知っているでしょう。アドバンテージにはならない」

「それに、シルヴィアとパーティー組んでたのがどのぐらいの期間で、どれぐらいの関係にまで発展してたのか、わたしたち知らないじゃん」

「……ダメだぁ……。余裕ぶってる場合じゃないやぁ……あははぁ」

水平に浮かんでいたユフィは、そのままぶくぶくぶく……と湯船に沈んでいった。

レクスは自分の過去を語りたがらない。

この四年、共に旅をしてきたのにも拘《かか》わらず、みな出会う以前のレクスのことをほとんど知らない。

それが、レクスの異様な頑《かたく》なさを物語っていた。

故に、三人は悶々《もんもん》としてしまう。

自分たちの知らないレクスの過去。その場面場面で、シルヴィアともしかしたら、あんなことやこんなことを……。

「……不潔だわ」

「でもちょっと羨ましい」

「ふたりともなに想像してるの⁉」

アイナは眉間に皺《しわ》を寄せ、ノエルはムフッと笑む。

そんなふたりに、一番お姉さんなはずのユフィは顔を真っ赤にした。

「でもわからないじゃない。『昔の女』発言がどこまで冗談で、どこまで本気かすら」

「実は付き合ってないだけで、レクスとシルヴィアって、もう体は……」

「ぴゃぁっ！　そ、そそ、そんなえっちな……！」

「だとしたら軽蔑するわ。そんな輩《やから》を好きになった自分も許せない」

と、数秒、様々な感情がせめぎ合う間を置いてから。

「まっ、一〇〇パーないか、それは。レクスに限って」

「そんな度胸があるなら、私たちはとっくに抱かれているわ」

「否定できない……。それがレクスくんのいいところだとも思うけど」

当の本人がいないところで、ひどい言われようである。

だがそれも、レクスに対する信頼が高いことの証左。

なにより『自分が好いた相手はそんなんじゃない』と思いたいのは自然なことだろう。

「とにかく。シルヴィアが現れてから、明らかにレクスは変わった」

「思ってた以上に、仕事に前向きになっちゃってるもん。このままじゃ……」

「彼、案外、真面目な社会人になることも視野に入れそうね」

もちろんそれが、傍《はた》から見ればよい変化であることを、三人とも理解はしていた。

働きたくないとのたうち回っていた人間が、摩耗していた心を癒やし、社会貢献への一歩を踏み出そうというのだ。素晴らしい成長だ。

だがそれこそが、ノエルたち三人にとっては不都合でしかない。

「そうなったら、せっかくの猶予期間《モラトリアム》が終わる」

「彼をヒモにして、じっくり気を向かせようと思った計画が……」

「そんなの絶対やだ！　あたしたち、まだなにも進展してないのにぃ……」

レクスが働き出してしまえば、ヒモにするという大義名分が失われる。

レクスへの想《おも》いや関係をゆっくり整理して恋を成就させる。

そのための告白猶予期間、そのためのレクスヒモ化だったのに。

このままでは、計画がおじゃんだ。

三人は互いの目を見合わせた。

状況は明白。ならば、やることは決まった。

（わたしのほうが、シルヴィアより一緒にいて楽しくて――）
（私のほうが、シルヴィアよりも彼を適切に管理できて――）
（あたしのほうが、シルヴィアよりもバリキャリだって――）
（（（優良物件アピール、しまくるんだ……!!）））
こうして三人の結束は、よりいっそう固くなった……のかもしれない。

＊　＊　＊

翌日。まず動き出したのはノエルだった。
仕事の途中、小休止を取るためだろう、レクスが仕事場を離れた。
一方のシルヴィアは上司と会話中。
この隙を逃すノエルではなかった。そそそっとレクスのあとを追う。
彼は廊下を歩いて、途中の部屋にすっと入っていく。
給湯室だ。
職員なら自由に使っていい給湯室には、湯を沸かす簡易的な道具が置かれている。
他にもコーヒー豆や紅茶の茶葉も常備され、自由に飲んでいいことになっていた。
ヒョコッと顔を覗《のぞ》かせるノエル。

思った通り。レクスはコーヒーを淹《い》れようと準備していた。

「レークスっ。なにしてんの？」

「おお。お疲れ様。見ての通り」

――うん、知っている。だって見てたもん。

ノエルはそう、心の中で相づちを打ってから、

「わたしが淹れてあげよっか、コーヒー」

「え？　悪いよ。自分の分は自分で淹れるって」

「いいからいいから。ふたり分淹れるのも手間は一緒」

レクスの顔を覗《のぞ》き込《こ》むようなかわいらしい仕草で、ノエルは強引な提案を誤魔化《ごまか》す。

「じゃあ、せっかくだからお願いしようかな」

「ふっふー。素直でよろしい」

作戦成功に内心でめちゃくちゃ喜ぶノエル。

こうやって気が利き、美味《おい》しいコーヒーだって淹れられるとアピールする。

それがノエルの、自身の優良物件アピール……の、第一弾だった。

彼女のセールスポイントは『レクスにとって一緒にいて一番楽しい存在であること』。

同じ価値観でレクスと物を見て、感じて、楽しめる密な関係。

そのアピールのためにも、コーヒーを淹れるこの時間は絶好の会話チャンスだった。

ノエルはここぞとばかりに、アピール第二弾として、レクスとの距離を詰める。

「仕事慣れた？」

「それなりにな。ノエルは？　パーティー求人の張り紙作り、もう慣れた？」

「うん、いい感じ。でもさっきNG出ちゃった。パーティーメンバーの構成案」

「え、なんで？」

「もうちょっと、一般的な冒険者目線に立って案を出してほしい、だってさ」

「ちなみにどういう構成案？」

「剣士ひとりに魔導師四人、僧侶ふたり、弓使いふたり」

「またすごいバランスの構成……」

「ダメかな？　ありじゃない？」

ノエルは、淹れ終わったコーヒーをレクスのマグカップに注ぐ。

差し出すと、レクスは「ありがと」と受け取ってくれた。

「わたしならこの構成でも十分攻略できる。前衛多くても動きにくいだけだよ」

「それじゃない？　一般的な冒険者目線って。ノエルは自分を基準に考えちゃダメ」

レクスはそう、釘《くぎ》を刺すように言う。

「ノエルは特別な存在なんだから」

「――ッ！」

特別な存在……。

なんて甘美な響きなんだろう。

その言葉だけが、ノエルの中で何度も何度も繰り返される。

「そ、そうかなぁ……」

「なにうれしそうに笑ってんだか」

しまった、と反省するノエル。つい、にへへぇと破顔してしまった。

それを誤魔化《ごまか》すように、コーヒーを口に含む。

同じタイミングで、レクスもコーヒーを一口飲んだので、訊《き》いてみる。

「美味《おい》し？」

「うん、美味しい。ありがとな」

ああ、この笑顔だ。マグカップを持つ手だけじゃなく、心まで温かくしてくれる。

ずっと眺めていたい。

なんならこのまま給湯室ごと、ふたりしかいない世界に転移して――、

「あ、レクスこんなとこにいた！」

くれないよねぇ、と。

邪魔者……もといシルヴィアがやってきたことで、ノエルのテンションは一気に沈む。

「飲み物淹《い》れてたんだ。ここの紅茶、美味しいでしょ！　私が街で選んでるんだ」

「シルヴィーは昔から茶葉の目利きがあるもんな。けどごめん、今日はノエルがコーヒー淹れてくれて」

「え？ レクスがコーヒー!? うっそ！」

驚くシルヴィアに、ノエルはちょっとだけモヤッとしたものを感じてしまう。

「そんなに変なの？ レクスがコーヒー飲むの」

「変じゃないけど、びっくり。この人、紅茶のほうが好きだったから。コーヒーは苦くて苦手だって。お気に入りは、私の淹れるロイヤルミルクティー」

「……え？ そうだったの？」

思わず不安げな目でレクスを見てしまう。

そんな話、この数年一緒に旅してきて、聞いたこともなかったからだ。

嫌いな物を飲ませてしまったんだろうか、という焦りがノエルの胸中に芽生える。

「昔の話だよ。ノエルたちと旅してるうちに、自然と飲めるようになったんだ」

「そっか～、ブラックも飲めるようになったんだぁ。偉い偉～い♪」

「ガキじゃないんだからやめろって……！」

などと談笑しながら、レクスはシルヴィアに連れて行かれてしまう。

仕事だからしかたがない。それはノエルだってわかっている。

ただ……自分の知らないレクスを知っていて、レクスの喜ぶものを知っている昔の女《シルヴィア》に、呆気《あっけ》なくレクスを奪われたようで。

「……苦いなぁ」

美味《おい》しいと感じていたはずのコーヒーの二口目は、複雑な味がした。

＊＊＊

パーティー内でも比較的料理上手なアイナには、秘策があった。

名付けて『手作りお弁当作戦』。

レクスの健康を管理できるのは自分だけというアピールとして、使わない手はない。

昼休憩の本鈴が鳴ると、アイナは弁当をふたつ持ってガタッと立ち上がった。

レクスには、お昼に直接手渡す約束をしていた。その待ち合わせ場所に指定していた休憩所の長椅子に向かう。

まだレクスはいない。ストッと座り、アイナは息を整える。

仕事で触っていた魔導書のインクで手は汚れていないかな、とか、小走りだったせいで髪乱れてないかな、とか。

そんなことばかりが気になってソワソワすること、三分ほど。

「ごめん、アイナ。お待たせ」

「ええ。待ちました。が、お気になさらず」

好きな人の声につい浮かれそうになるのを、アイナは必死に堪《こら》えて平静を装う。

「どうぞ。これ、貴方《あなた》の分です」

「ありがとな。作ってくれただけじゃなくて、わざわざ届けてくれて」

「別に、大した手間ではありませんから」

平静であろうとすると、どうしてもぶっきらぼうになってしまう。

だが今日は、そんな自分のかわいげのなさを気にしている場合じゃない。

そう意気込んで、アイナはおかずにフォークを刺して食べ始める。味はよし。

黙々と食べる……フリをして。チラリとレクスを見やるアイナ。

献立は栄養をしっかり計算した上で、知る限りのレクスの好みに合わせている。

失敗するはずがない。そんな自信が確かにあった。

でもそれはそれとして、彼の反応が気になってしかたなかった。

レクスは子どものように目を輝かせ、どれから食べようか選んでいる。

それが思いのほかかわいらしく見え、アイナの胸の奥はトクンと脈打った。

レクスはようやく一口目を決め、アイナ自慢のミートボールにフォークを刺す。

頬張《ほおば》って咀嚼《そしやく》するレクス。どんな感想が飛び出してくるのか、と胃がひっくり返りそうなほど緊張して待つ。

「ああ、美味《うめ》ぇ。アイナ、やっぱ料理うまいよなぁ」

よっし、勝った!!

笑顔と一緒に溢《あふ》れ出たレクスの感想に、アイナは心の中でガッツポーズをしつつ、

「ありがとうございます。おだてでもなにも出ませんけど」

つい照れ隠しで、素直じゃない言葉を投げてしまう。

「だいたい料理に関しては、貴方《あなた》だってそれなりにうまいでしょうに」

アイナは最初、単に料理スキルでレクスに劣っているのが癪《しやく》だった。

だから旅の最中、彼の見てないところで必死に勉強し、腕を磨いた。

彼から『美味《おい》しい』を引き出せば、優越感で満たされると思って。

……もっとも。

彼の『美味しい』を初めて聞いたとき胸に広がったのは、優越などではなく。

彼の言葉に喜び恋心を自覚するという、惚《ほ》れた側だからこその敗北感だったのだけど。

「俺がうまいかどうかと、アイナの料理が美味しいかどうかは、別の話……あれ?」

「なんですか?」

「アイナの分の弁当、おかずの量が少なくない?」

言われて、アイナは自分の弁当に視線を落とす。

確かにその内容量は、レクスのそれの半分ほどだった。

「私にとってはこれが適量なんです」

「いくらなんでも少なすぎじゃない？　もっと食べなよ」

「……太らせたいんですか？」

「違うって。少なくて心配なだけ」

心配。好きな人が、私のことを……？

アイナの本心としては——死ぬほどうれしい。

この量が自分の適量であることは間違いない。

だがそれでも、彼の優しさには心が温かくなった。

「俺、今日はそこまでお腹《なか》減ってないし。少し分けるよ」

「いえ。貴方に必要な栄養を計算して作ってるんです。しっかり食べきってください」

「じゃあ夜にその分を食べるから。今はほら」

こういうときに限ってやたら強引なんだから、この人は……。

そう思いつつもアイナは、ここで素直になれたら距離感を変えられるかも、と。

淡い期待と、気恥ずかしさと、元からの性分がせめぎ合う中、なんとかレクスの弁当に
フォークを伸ばそうとして——、

「わっ。レクスとアイナさんのお弁当、美味しそう」

突如として降りかかってきた、いま一番聞きたくもない声。

泥棒猫……もとい、シルヴィアに邪魔されてしまう。

「アイナが作ってくれたんだ。美味《うま》すぎてヤバい」

「あはは、そうなんだ。てかよく見たら、レクスの好物ばっかじゃん」

こ、この女あぁぁ!!

こっちの思惑がバレるでしょうがあぁぁ!!

というか、なんで貴女《あなた》が彼の好物を知っているの？　昔の女だから!?

と荒ぶりそうな心を、アイナは強い理性で抑え込む。

「そ、そうでしたか。私も彼の好みは把握していましたが、そればかりになったのは偶然ですよ。ええ、全部偶然です」

大事なことなのでアイナは二回言う。

だがシルヴィアは、アイナの一見不可解な言動なんて気にも留めず、

「ねえレクス。私のおかず分けてあげるから、そのミートボールちょうだい」

「ええ～？」

……は？　いま、この女はなんて言った？

ぎぎぎ……と壊れたマリオネットのように、シルヴィアのほうを向くアイナ。

「これ、めっちゃ美味いから取っといてあるんだよ」

レクスは必死にアイナお手製ミートボールを死守する。

貴方《あなた》にしてはナイス判断、とアイナが思ったのも束《つか》の間《ま》。

「それっ。ひょいっ」

「あっ、おま……っ」

「――ッ!?」

か……かっさらいやがったー!!

レクスの一瞬の隙を突いて、ミートボールと自分のおかずを入れ替えやがったー!!

「ん～!!　美味《おい》し～♪　アイナさん、本当に美味しいです！」

だがアイナには、シルヴィアの賛辞は届かない。

彼女の胸中は、盗《ぬす》っ人《と》猛々《たけだけ》しい元盗賊職《シーフ》の女に対する呪詛《じゅそ》で満ちていた。

「お前、手癖悪いの昔から変わんねぇな」

「褒め言葉として受け取っとくよ。アイナさんも、私のおかず一品食べます？　ミートボールのお礼に」

シルヴィアは自身の弁当箱をアイナへ差し出してくる。

きっとこういうとき、なんの気なしにシルヴィアのおかずを突《つつ》けるぐらいの素直さがあれば、最初からアイナは勝ち確だったんだろう。

でも――アイナにはどうしても、それができなかった。

「い……いえ。結構です」

敵の施しを素直に受けるぐらいなら、鉄壁を作るほうが心中穏やかでいられる。

そう、思っていたのに。なぜか心の中は、隅々まで悔しさに染まり。

手にしていたフォークは、いつの間にか柄が曲がってしまっていた。

＊　＊　＊

レクスに自分を優良物件アピールするにあたって、ユフィには作戦があった。

「……では、こちらで手続きは終了です。次の方、どうぞ～！」

それは、窓口業務を誰よりも完璧にこなす。

この一点に尽きた。

「依頼が完了しましたら、三日以内に窓口までお越しください。それでは気をつけて行ってらっしゃいませ！」

持ち前の明るさと笑顔で、目の前の仕事をバリバリこなす。

そうすることで、①ユフィが周りに認められる→②ユフィがチヤホヤされる→③ユフィだけが必要とされる→④レクスは働かなくてすむようになる。

こうなる計算だった。

そうしているうちに、働くことを気持ちいいとすら感じ始めていたユフィ。

依頼待ちの冒険者を一通り捌《さば》ききると、達成感を噛《か》み締《し》めるように伸びをした。

「すごいな、ユフィ。大活躍だ」

ふと声をかけられて振り返る。

仕事の合間に様子を見に来てくれたらしいレクスが、笑顔を向けてくれていた。

「ほかの職員さんも褒めてたぞ、正社員並みにバリバリ働いてくれて助かるって」

「えへへ、そんなことないよぉ～」

想《おも》い人に褒められて嫌な気持ちになる人間なんていない。

ついデレデレと笑みが溢《あふ》れてしまい……ユフィはハッとする。

ここで謙遜しては、存在感のアピールにならないじゃん……っ！　と。

いっそここは、もっと余裕ぶっこいたほうが周りから重宝されるのでは？　と。

「……なんてね。これでもあたし、お姉さんですから。ふふっ」

わざとらしく腕と脚を組み、かけてもいない眼鏡をクイッと持ち上げる仕草をして、精いっぱいバリキャリぶるユフィ。

「みんなよりちょ～っとだけ、冒険者歴はセ・ン・パ・イ……だからかしら。冒険者がどういう対応を求めているのか、すっごくわかっちゃうの。このぐらいは朝飯前よね」

ふっふ～ん♪　とドヤりながら、レクスをチラリと見やる。

彼はどこか誇らしげに微笑《ほほえ》んでいた。

「確かに、ユフィはこういうの得意そうだもんな」

その笑顔に、ユフィの胸はトゥンクしてしまう。

「ユフィが周りに褒められてるのを見ると、それだけで俺も誇らしいよ」

「レクスくん……」

ユフィは思った。

本当のあたしは面倒くさい性格で、すぐ情緒が不安定になってしまうダメダメな子。

本当はあたしのほうが、レクスくんにいっぱい支えてもらっている、と。

だがレクスは、そんなユフィを突き放したりせず、こうして仲間として認め誇らしいとまで言ってくれた。

ユフィにはそれが、ただただうれしかった。

こんなにも満たされる気持ちを与えてくれるレクスくんが大好きで。

だからこそ、そばにいてくれないとすごく困っちゃうんだよ……。

と、脳内が乙女モードまっしぐらだったのを、グッと軌道修正する。

ここで絆《ほだ》されるのはまだ早い。変に構ってちゃんな自分が出ると『やっぱ使えないねこの子』という感想を与えてしまいかねない。

ユフィはレクスに向けて、グッと胸を張った。

「そうでしょう？　そうでしょうともっ！　あたしだって、やるときはやる女なの。それをレクスくんに見せつけられて、なによりだわ。もしかしたら、レクスくんより向いてるかもしれないわね、このお仕事。んふふっ」

とにかくいまは、自分のほうが仕事のできる有能な存在であることを、自分にウソをついてでも、自分を誤魔化《ごまか》してでも、猛アピールしなくちゃいけない場面……！

これもすべて、働こうなんて考えているレクスを改めさせるため！

「ユフィちゃん、この書類、確認して判を押して――」

「任せてっ。ふんふん……ちょっと数字の見積もり甘いかもしれないわね。経理に一回戻したほうがいいわよ。キリッ」

「あら本当ね。さすがユフィちゃん、ありがとう！」

「ユフィさん、明後日《あさって》の会食なんだけど、店の予約を頼んでも――」

「もちろんですっ。六名で十九時からですよね？　先方のリクエストは魚料理だから、ここがよさそうねっ。アレルギー持ちの方はいらっしゃる？　ふふんっ」

「特にいないって聞いてるよ。いや～頼もしいね。それじゃあよろしく」

「シズベットさん。第三会議室にお茶菓子を――」

「かしこまりましたっ！　ちょうどいただき物のお菓子がありましたから、それを持っていきましょう。王都の老舗の焼き菓子ですから、きっと話も弾《はず》むでしょう。ドヤッ」

「気が利いて助かるよ～。そいじゃ、悪いけど頼むね」

矢継ぎ早に頼まれる仕事を、余裕綽々《よゆうしやくしやく》とこなしていくユフィ。

ああ、頼られるのってなんて気持ちいいんだろう！

誰かに認知され必要とされるのって、こんなに安心できるんだな……。

そんな幸せを噛《か》み締《し》めながら、ユフィは、もっとも頼られたい人――想《おも》い人であるレクスのほうをチラリと見やる。

これだけバリキャリ有能アピールしてるんだ。『ユフィががんばってくれるなら、俺はヒモのまま家を守るよ！』って感じに、自分だけを見てくれるはず――、

「ここの仕事はユフィさんに任せて大丈夫そうだね。そしたらレクスはこっち手伝って」

「ん、了解。じゃあユフィ、またあとでな」

「…………………へ？」

あとからやってきたシルヴィアは、ユフィの仕事ぶりを確認するや、レクスを連れ去っていってしまった。

「上司がレクスのこと、褒めてたよ。さすが勇者パーティーの軍師は覚えが早いって。ちょうど担当部署に欠員出ちゃったところだから、助かってるよ」

「いや、俺は大したことしてないから。シルヴィーの教え方がうまいだけだって」

仲よさそうに並んで離れていく、レクスとシルヴィア。

その背中を眺めながら、ひとりポツンと居残るユフィ。

「…………思い描いてたのと違あぁぁぅ!!」

＊　＊　＊

そう漏らしたノエル、アイナ、ユフィは、自宅の広い湯船に浮かぶように浸《つ》かっていた。

「「「……勝てない……」」」

「シルヴィア、強敵すぎるわね」

「魔王よりヤバくない？　気のせい？」

「なんであんな自然に漁夫の利かっさらえるの……」

ノエルたちのアピールは、現状、そのどれもが不発に終わっていた。

なにかを仕掛ける度、シルヴィアが盗《ぬす》っ人《と》のごとくレクスを奪っていくのだ。

「それでいてあの子、普通に有能なのがなおさら腹が立つ」

「ミスしないいねぇ。仕事も早いし」

「盗賊職《シーフ》の人って、なんでみんなあんなに要領いいんだろ……」

アプローチを変えて、シルヴィアのミスを自分たちが華麗にリカバリーする作戦を思いつくも、これも盛大に空振り。打つ手なしだった。

「これ以上、下手に小細工しかけると、ますます状況は悪くなりそうね」

「でも、他に作戦なんてあるかなぁ」

「……倒しちゃおっか、真正面から。ずばーんと」

「ダメに決まってるでしょ、バカ」

「犯罪者になっちゃうよぉ！」

「勇者が、レクスを巡って犯罪者に転落……ウケる」

「「ウケるか！」」

アイナとユフィのツッコミが浴室に木霊する。

ノエルは「冗談だってば」と口を尖《とが》らせた。

そうしてしばらく湯船に浸《つ》かりながら、三人それぞれ思案する。

が、結局良案は浮かばず。

それどころかのぼせそうになったので、慌てて風呂から上がることに。

リビングに戻ると、寝間着姿のレクスとバッタリ会ってしまった。

どうやら水を飲みにきていたらしい。

「最近、よく風呂も三人一緒だよな。仲いいな」

こちらに気づいたレクスが、なんの気なしに笑顔を向けてくれる。

それがうれしくもあり、悔しさすら強調させる。

こっちの気も知らないで……。

「羨ましいの？　一緒に入る？」

「軽蔑される勇気があるなら、検討はしますが？」

「あたしの駄肉見て笑わないって約束してくれるなら……」

「いやいやいや！　さすがにそれはいいよ。俺抜きでゆっくり入れよ」

……むしろ入ってこいよ甲斐性《かいしょう》なし!!

と、出かかった言葉をグッと呑《の》み込む三人。

こういうさりげなく紳士なのが、レクスの憎たらしいところであり魅力でもある。

それを否定しかねない、誤った道に誘《いざな》うような言葉は、浴びせるものじゃない。

「そうだ、夕飯のときに言うタイミングなかったんだけどさ……」

唐突に切り出されたレクスの言葉に、思わずドキッとなる三人。

それがいい話なのか、悪い話なのか。聞くことに恐怖心を抱きつつ二の句を待つ。

「実は、社員登用の話が来てるんだ」

「「「…………え？」」」

それはノエル、アイナ、ユフィにとって、処刑宣告にも似た言葉だった。

「社員登用……？　協会の？」

「シルヴィアが上司に提案してくれたんだ。欠員の出てる部署にそのままどう？　って」

「で……ですが、協会の本業務は公務員試験をクリアしないと……」

「そこは魔王討伐の実績で免除されるんだと」

「で、でもでも！　レクスくん、働くのはもう無理って……」

「そう。だから迷ってる」

迷ってる。それは、迷うほど魅力を感じている、ということだ。

それがどれほど大きな心変わりか、共に四年旅してきた自分たちだから、わかる。

わかるからこそ、よりにもよって『なんでいまなんだ？』という気持ちが強くなった。

「そ……そもそも、なんで急にバイトする気になったの？　レクスは」

先陣を切ったのは、ノエルだった。

「ずっと気になってた。なんで急に、稼ぎたがったのかなって。別に、無理に働かなくてもいいじゃん。わたしたちのヒモしてれば十分じゃん」

「それは……」

レクスはひどく言いにくそうに俯《うつむ》いた。

そんな、顔を曇らせるほど口に出しにくい理由でもあるというのだろうか。

三人の脳裏に、嫌な予感が――シルヴィアの顔が過《よぎ》ってしまった。

そしてその答え合わせは、思いのほかすぐ、レクスの口から発せられた。

「実は……結婚式、控えててさ」

「「「…………え？」」」

一瞬にして、頭が真っ白になる。

レクスはまだなにかを言っているようだが、そんなものはもう耳に入ってこない。

目の前の景色は歪《ゆが》み、比例して声もどんどん遠のいていった。

結婚式？　レクスが？　するの？　誰と？

そんなのわかりきっている。きっとシルヴィアだ。

なにが昔の女だ、現在進行形だったじゃないか。

でもそんな怒りと失望は、却《かえ》ってノエルたちに冷静さを取り戻させた。

レクスの声がようやく、鮮明に聞こえるようになった。

「とりあえず、話戻すけど。社員登用の返事は、まだ猶予もらってる。バイトの契約満期までに決めてくれればいいって」

「……って、あと一週間しかないじゃん！」

思いのほか短い猶予に、ユフィは驚いてしまった。

今回のバイトは臨時だったこともあり、四人全員、あらかじめ一ヶ月間と決まっていた。もうリミットは目前だ。

「気持ちが固まったら、改めてみんなには相談するよ。じゃあ、おやすみ」

伝えることは伝えた、と言わんばかりに二階の自室に向かうレクス。

その背中を、呆然《ぼうぜん》と見送ることしかできない女子三人。

やがて、レクスが自室に入ってドアを閉めた音を確認してから、

「おおお落ち着こう！　まままずは深呼吸。お姉さんからのあああアドバイス……！」

「ユ、ユフィが落ち着きなって。はい、深呼吸」

アイナに窘《たしな》められ、三人揃《そろ》って深く深く息を整える。

おかげで声の震えは落ち着いた。

足腰は依然として、ガタガタブルブルと震えているのだが。

「……え？　レクス結婚するの？　シルヴィアと？　ウソでしょ？」

「彼がそんなたちの悪い冗談、言うと思う？　じ、事実……なんでしょうね」

「そんな……。付き合ってる子がいる様子、全然感じなかったのにぃ」

立ったままでは震える足腰で建物まで揺らし、レクスに不審がられるかもしれない。

三人は誰が言うでもなく、ストッとダイニングチェアに腰掛けた。

今一度深呼吸して、状況を整理する三人。

レクスはあれでも紳士だ。付き合っている女性がいるのに女子三人とのルームシェアなんて、するはずがない。

だとすると、付き合いだした時期は、ほんの最近の可能性が高い。

「実は最近シルヴィアと再会して、気分が盛り上がってそのまま的な？」

「元カノと復縁して……ってこと⁉」

「そんなの、創作世界の中だけの話かと思ってたわ。盲点ね」

とはいえ、レクスの心境の変化を考慮すると納得はできる。

心に決めた人との結婚生活を——挙式を考えれば、そりゃあ金はいるし定職も考える。

問題は、このゆったりな共同生活と告白猶予期間《モラトリアム》だ。

このままではどう足掻《あが》いても、消滅してしまう。

レクスへの恋心を清算するまでもなく、成就させることもできず、負けてしまう。

いったいどうしたら……。

そう、三人はぐるぐると思考を巡らせ、

「……ああ、そっか。わかっちゃった、わたし」

口火を切ったのは、ノエルだった。

「レクスが結婚するって決めた、諸悪の根源……」

「……奇遇ね。たぶん私も、ノエルと同じ考えに至ってる」

「そう、だよね。うん、そうだよ。本《もと》を正せば、そういうことだもん」

思考だけでなく、その眼《まなこ》すらぐるぐるとさせ、三人はうわごとのように漏らす。

「レクスが元カノと再会したのも、そのせい……」

「やりがいを見出《みいだ》したのも、あれのせい……」

「ならいっそ壊しちゃえばいいんだ……」

「「「──協会そのもの」」」

それが、正常に働いていない思考から導き出された、彼女たちの答えだった。

＊　＊　＊

やがて、レクスたちのアルバイト最終日がやってきてしまった。

同時に、レクスが社員登用を受けるかどうか決断する日。

「じゃあ行ってくるけど。お大事にな」

見送りに来ていたノエルたち三人は、見るからに具合が悪そうな装いだった。

「うん、いってらー……ゲホゲホ」

「気にしているヒマがあるなら早く行ってください……ゴホッ。遅刻しますよ」

「シルヴィアとか職員さんによろしく伝えといて……ガハガハ」

満身創痍《まんしんそうい》の状態で、三人はレクスを見送る。

ドアがバタリと閉まり、レクスの足音が遠ざかっていく。

足音が聞こえなくなったところで、彼女たちは普段通りに切り替えた。

「手順その① 仮病を使ってバイトを休む、はクリアだねっ！」

「結果的にはね。まったく……ユフィったら、ガハガハは違うでしょう」

「反省会はあと。次の手順に移るよ」

レクスが突然社員登用の話を持ち出した日から、六日。

この間に三人は、着々と計画を進めていた。

目的は、レクスの働き口である協会を、ぶっ壊す。

職場が機能不全を起こしたとあれば、レクスも社員登用どころではなくなる。

結果、レクスが正社員として働けなくなれば、結婚話だって破談、もしくは延期。

レクスはノエルたちに縋《すが》るしかなくなるだろう……という算段だ。

そのための段取りもしっかり検討し、今日を迎え。

行動の自由確保のため、まずはバイトを休むところから始まった、というわけである。

病人風の装いを脱ぎ捨てたノエルたちは、必要な道具をまとめ始める。

「準備はいい？ 念のため、最終確認」

「必要ないでしょ。もう十分話し合ったもの」

「これは必要悪。あたしたちにはあたしたちなりの正義がある」

「そう。すべては、レクスが働かないですむ状況を作り、ヒモを継続してもらうため。そして、告白猶予期間《モラトリアム》を維持するため」

すっと片方の手を差し出すノエル。

そこに自然と、アイナとユフィの手が重なる。

「じゃあ行くよ。冒険者協会を――」

「「「ぶっ壊ーす」」」

こうして、王都の高級住宅街の片隅で、物騒な円陣が組まれたのだった。

覚悟を完了させた三人は、レクスに追いついてしまわないよう時間をおいてから出発。

協会のそばまでやってくると、ササッと細く狭い路地に身を隠す。

「手順その②　身バレしないよう変装する……はいマスク」

ノエルが鞄《かばん》から取り出したのは、今日のために用意した変装グッズ。

……なのだが。

「仮面舞踏会《ドミノ》用マスク？」

「ユフィに似合いそうだなって」

「こ、これじゃすぐバレちゃうって……！」

「こっちは穴の空いた商店の紙袋？　ケチりすぎじゃない？」

「すぐ捨てて証拠隠滅できるじゃん。で、わたしのはこれ」

取り出したのは、東洋の島国に訪れた際、お土産に購入していたお面だった。

その国では『オキナメン』と呼ばれていたものだ。

「「自分だけズル……」」

そんなこんなで準備は進み、手順その②をクリアした三人。

路地裏に身を潜めて機会を窺《うかが》うこと、一時間ほど。

もうじき、協会の始業時間だ。

「手順その③　始業前ギリギリを狙って突入する……んだよね？」

「そっ。始業前が、朝の準備が終わってひと息ついて油断してるタイミングだから。始まっちゃったら、冒険者が集まって面倒だし」

「ノエルなら、並の冒険者なんて束でかかってきても平気でしょうに」

「それはそうなんだけど。関係ない冒険者は巻き込みたくないじゃん？」

「「…………」」

ならそもそも、協会をぶっ潰すことが『関係ない人を巻き込むこと』になるが、それはいいんだろうか……と疑問が過《よぎ》りかけたアイナとユフィ。

だがこれは三人で画策したことだし、ここまで来た以上は自分たちも同列同罪。

忘れることにした。この作戦、冷静になったら負けなのである。

「そろそろだね」

ノエルは腰に携えた剣に手をかける。アイナも魔導書を準備。

ユフィは、日頃使っている戦斧《せんぷ》は大きすぎるため、小さめのトマホークを構えた。

「――行くよっ！」

ダッと路地裏から駆け出す三人。

脇目も振らず、人目も気にせず、一気に協会の出入り口へ向かう。

だがそのまま突入はしない。始業前とはいえ、すでに何人か冒険者が入っていったのは確認している。

人数と配置を確認するため、窓から中を覗《のぞ》く。

この程度の人数ならどうってことはない。無血で落とせる。

そう確信し――ふと、窓口の向こうに目をやったノエル。

レクスがいた。

始業前のひと息ついたタイミングで、笑顔を作って喋《しゃべ》っているレクスが目にとまった。

「いるね、レクスくん」

「これから始業なのに、だらしのない顔」

「確かに。でも、さ……」

楽しそうだったのだ。

仕事している姿が、シルヴィアや仲間である職員とふれあっている姿が。

楽しんでいるように、見えてしまったのだ。

一緒に魔王を討伐したあと、あんなにしんどそうだったレクスが。

短い猶予期間《モラトリアム》を経て、こんなにも笑えるようになってたなんて。

ヒモにしてあげることが彼にとっても幸せだと、三人は思っていた。

告白に向けた外堀を埋めるまでの猶予、という思惑こそあれど、彼を労《ねぎら》いゆっくりさせてあげたいという気持ちにも、ウソはなかった。

ノエルたちは自分たちなりに、レクスの幸せも考えて提案した――つもりだった。

でも、もしかしたら、それは……。

「「「…………」」」

迷いが出てしまった。

いや、むしろ――答えを目の当たりにしてしまった気さえしていた。

あれだけ働きたくないとのたうち回っていたレクスが、結婚を機に、社員登用の話をもらって迷っていた。

とても大きな心変わりだって、嫌でもわかる。

わかるからこそ、彼の未来は容易に想像できる。

想像できるからこそ――尊重したい自分たちもいた。

だって、好きになった人の未来なんだから。

「……ねえノエル、アイナ」

「ええ。ユフィの言いたいこと、わかる」

「間違ってたんだね、わたしたち」

三人はきびすを返した。

もうこれ以上、バカな真似《まね》を考えるのはやめよう。

往生際が悪いのは、あまりにもみっともないから。

せめてこれからも、大事な大事な友として、レクスとの関係を続けられるように。

潔く認めることも大切だと、自分に言い聞かせながら。

でも――。

そうして帰宅する敗者たちの背中は、あまりにも小さかった。

♀♀♀　→　♂

まずいまずい。

仕事終わりにシルヴィーや上司と話してたら、遅くなっちゃった……。

すっかり暗くなった夜道を小走りで家に向かう。

今日は珍しく、三人とも風邪ですげぇしんどそうだったからな。

大事に至ってないか心配なのもあるし、早く栄養のつく夕飯を用意してあげたい気持ちも、走る足に力を込めさせていた。

ようやく家に辿《たど》り着き、豪奢《ごうしゃ》な門扉を潜《くぐ》ってドアを開ける。

「ただいまー。みんな、体調は大丈夫――」

と、リビングに続くドアを開けて足を踏み入れたとき。

「「「………おかえりぃ…………」」」

「うぉあ!? ど、どうした……！」

ノエルたち三人は、仲良くソファに並んで座っていた。

けどその様子は、この世のありとあらゆる不幸を一身に受けたかのような瀕死の状態だった。

あまりにも全身しわくちゃで、不調どころの騒ぎじゃない。

「大丈夫か？　朝よりさらに具合悪そうだぞ」

もはや目もうつろな三人は、お互いぐったりと身を寄せたまま俺を見る。

「気にしないで。もう、どうでもよくなっちゃっただけ」

「貴方《あなた》が心配することじゃありません。放っておいて」

「いま優しくされたら、歯止めが利かなくなっちゃうから」

「「「はは……あははは……」」」

そう、三人は気の抜けた笑みをこぼす。

な、なんだなんだ？　なんでこんな自暴自棄になってんだ？

「それよりさ。今日、どうだった？　バイト最終日」

そう、ノエルは急に訊《き》いてくる。

「どうって、いつも通りだよ。指示された仕事をこなして、無事に終わり」

「そうですか。さぞかし楽しかったんでしょうね」

アイナが自嘲気味に笑ったあと、立て続けにユフィに訊かれる。

「シル……職場の人たちは、なんて？」

「感謝されただけだよ。臨時のバイトとはいえよく働いてくれた、助かったよって」

バイト最終日だからって、やることが特別、変わったわけじゃない。

ただ、業務が終わったとき、みんな口々に俺を労《ねぎら》ってくれた。

凱旋《がいせん》パレードのときみたいな賑《にぎ》やかさは、もちろんなかった。

けど従業員ひとりひとりから、顔を見て挨拶をもらえた。

それはシンプルにうれしいことだった。

「そっかぁ……レクスくんは、そっちに求められるのがうれしいんだぁ」

「いいんじゃないですか？　そういう選択も結構だと思いますよ」

「レクスが選んだんなら、尊重するよ、わたしたちも」

「「「はは……あははは……」」」

いやさっきからホントどうした⁉

得体が知れなくて怖いんだけど……。

三人の考えていることが読めなくて、なんて声をかけたらいいかわからずにいると。

……ずびっ、と。

微《かす》かに、鼻水を啜《すす》る音が耳朶《じだ》を打った。

「……泣いてる……のか？」

三人はビクッと肩を震わせた。

そして、慌てた様子でそれぞれ、目尻を袖で拭う。

よく見たら三人とも、目が少し充血していて、腫れていた。

体調が悪くてメンタルが落ち込み、訳もわからず泣いてしまったってことだろうか？

けどそれにしては、様子が変だ。

俺は、ソファにぐだぁっとしたままの三人へ、視線を合わせた。

「なにがあったか、全部教えてくれ」

真剣に、彼女たちへ言葉を投げかける。

「こんな状態の三人、俺、見たことないよ。四年一緒に旅してて一度も。明らかに緊急事態だろ。放っておけない。全部、洗いざらい話してくれ」

どんな苦難が待っていても。どんなに厳しい状況でも。

懸命に、弱音を吐かず、最後には笑って切り抜けてきたのが彼女たちだったはず。

なのにこの状況は、心配と不安でいっぱいになる。

俺なんかがどうこうできる問題じゃないかもしれない。

どこまで手伝えるかもわからない。

だからって、彼女たちだけに抱えさせていい問題とは、到底思えなかった。

そう、ノエルたちの二の句を待っていると。

「……そういうとこだよ」

ノエルが、ズズッと鼻水を啜りながら、続けた。

「そうやって優しくするから、だよ」

「中途半端に気にかけて、その気にさせるだけさせて……最低です」

「もういいよ。覚悟したもん。あとはレクスくんの自由だよ」

三人はそう言って、ぷいっと顔を背けた。

……あれ？　これ、もしかして。

不調とかそういうんじゃなくて。

「まさか……いじけてる？」

「いじけてない」

「いじけてません」

「いじけてないもん！」

秒でハモった！

一〇〇パーそうです、って言ってるようなもんじゃん……。

「なんだ、いじけてただけか。よかったぁ、体調不良とかじゃなくて」

「だから、いじけてない。決めつけないでよ、勝手に」

「じゃあなんなの？　正直に教えて？」

「意地が悪いですね。言葉尻をとらえて探りを入れようなんて」

「てことは、やっぱりいじけてたんだな。理由は？」

「……言ったって、どうせなにも変わんないもん」

三人は途端に、ムッスーとふくれっ面を作って、黙りこくってしまった。

うーん、こりゃあ難攻不落だぞ。

こういうときは、聞き役に徹する以外に道はなさそうだ。

「変わんないかどうかは、話してくれなきゃわかんないだろ？　なんでもいいから、吐き出すだけ吐き出しちゃいなよ。ちゃんと聞くから」

するとと三人は、チラリと俺を見る。

そして、ノエルがぼそりと言った。

「……するんでしょ、結婚」

「──はい？」

あまりにも予想してなかった単語が飛び出してきて、目が点になってしまった。

「だから、結婚するんでしょ、レクスは」

「お、俺が？ 誰と？」

「あの泥棒ね──シルヴィアとですよ」

「はぁ？ なんでそんな話が……」

「レクスくん、言ってたじゃん。結婚式控えてるって」

「そんなこと言ったっけ？」

「言ってた」

「言ってました」

「言ってたよ！」

またハモられた。

けど参ったぞ。まったく心当たりがない。

「せっかく四人で猶予期間《モラトリアム》楽しもうって約束したのにさ。余所《よそ》で彼女なんか作って、シレッと結婚とかさ」

「そりゃあ、私みたいな面倒な女より、あの子と一緒のほうが楽しいでしょうし？　ですがせめて、一言あってもよかったのでは？」

「どっちみち、この家出ていくんでしょ？　いいよ、あたしたちは三人お婆《ばあ》ちゃんになるまで、ここで慰め合って暮らすからっ」

「「「だからもう放っておいてっ」」」

またしてもプイッと顔を逸《そ》らす三人。

なるほど、いじけてる理由は把握した。

問題は、なにをキッカケにここまで思考を拗《こじ》らせたか、だ。

結婚式を控えている。そんなことを言った記憶、俺には……。

「——あっ。そういうことか」

もしかして、一週間前のあの話か？

だとしたら辻褄《つじつま》が合う。

というか、ほぼ確定と踏んで、三人に説明する。

「俺、結婚なんてしないよ。そんな相手もいない」

ノエルたちはこちらを見やるが、相変わらず口をへの字に曲げている。

構わずに俺は続けた。

「あのとき俺が言ったのは、『結婚式に出席する』ってこと。招待されたから参列するってだけの話」

それを聞いて、ノエルたちは揃《そろ》ってキョトンとなった。

読みは当たってたらしい。ドンピシャリだ。

まったく、どんな勘違いだよ……。

俺、ちゃんと説明したつもりだったんだけど。聞こえてなかったのかな？

「じゃあ……結婚しないの？　本当に？」

「しないしない。できるわけないだろ、俺みたいなやつが」

「式を挙げるのにお金が入り用だった……という話では？」

「参列するときの礼服代のこと。一着も持ってないから買わないとって」

「社員登用に迷ってたのは、結婚するから……じゃないの？」

「違う違う。単に上司から褒められて、ちょっとその気になってただけ」

ひとつひとつを紐解《ひもと》けば、たった一個のボタンの掛け違い。それが連鎖しただけ。

でもまさか、ここまで盛大に誤解を加速させるとは……。

ちゃんと言葉は尽くさないとダメだな。これは俺の反省点だ。

俺は今日、協会で話したことも踏まえて、ノエルたちにちゃんと告げる。

「だいたい、その社員登用の話もさ——断ったよ」

「「「…………え？」」」

鳩《はと》が豆鉄砲を食ったよう、ってこういうことを言うんだろうな。

ってなぐらい、絵に描いたような表情を浮かべるノエルたち。

「俺なんかが協会みたいな役所仕事、全うできるわけないじゃん。無理無理」

「で、でも、仕事で感謝されて、うれしかったって……」

ノエルが気の抜けたような声で言う。

「バイトにしては、ってことだろ？　社員として入っても、シルヴィーみたいにうまくは回せない。迷惑かけるだけだよ」

「けどレクスくん、結構前向きだったじゃん。社員登用の話」

ユフィは妙にわたわたしながら尋ねてきた。

「最初聞いたとき、少しだけな。でも正社員の話、俺にしか来てないみたいだったし。正社員として働くなら四人一緒がいいなって考えたら、わりとすぐ『違うな』って思って」

「……待ってください。わりとすぐというのは？」

そう問いただすアイナの真剣な目つきを、しっかり見据えて、

「あ、うん。話をもらった次の日には、もう断ってた」

「「「次の日には!?」」」

三人の素っ頓狂な声が重なる。

「ごめん、『気持ちが固まったら相談する』って言ってたんだっけ。けど、するまでもなく結論出たなって思って、してなかったな」

三人は呆然《ぼうぜん》としている。というか、怒ってるよなぁ。

断るって結論はわかりきっていたことだし、俺のことをよく理解してくれてる三人なら、相談するまでもないと思っていたけど。

今回の誤解させていた件も含め、今後は気をつけよう。

すると三人は、お互いを見合ったあと、大きく……それはそれは盛大なため息をついた。

そして、顔を上げる。

さっきまでの死人のような顔つきが、ようやく普段通りのそれに戻っていた。

「最後にひとつ。あのシルヴィアって子は？　結局、どういう関係？」

そりゃあ、気にするか。三人とも、俺があいつと結婚するって勘違いしたんだし。

「あいつは本当に、ただの元仲間ってだけ。それ以上でも以下でもない。てかそもそも、招待された結婚式ってあいつのだし」

「「「……はぁ⁉」」」

瞬間、三人の背後に業火が燃えさかった……気がした。

心なしか「あんのアマァ！」という恨み節まで聞こえてきた……気がした。

でもこれで、誤解は全部解けただろう。

「俺は結婚なんてしない。シルヴィーとなんて一番あり得ない。就職だって、相談もなしに勝手にしたりしないよ。だからもういじけるのは終わりにして、一緒にごはん食べよ。ヤキモキさせちゃったお詫《わ》びに、俺がうんっと振る舞うから」

そう、笑顔で締めくく……ろうと思ったのにだ。

三人はすっと立ち上がると、背中に業火のイメージを纏《まと》いながら、俺のそばに来て。

「――えい」

「……ふん」

「むぅぅ」

「あだっ！　おふっ！　いでっ！」

ノエルは肩をパンチし、アイナは魔導書で頭を叩《たた》き、ユフィは頬《ほお》をつねってきた。

え、なんでなんで？

三人はそのままリビングをあとにしようとしていたので、思わず呼び止めてしまう。

「ど、どこいくんだ？　夕飯待てないなら今日は外食に――」

「「「お風呂っ！　あとごはんは家で食べるっ!!」」」

あ、さいですか……ごゆっくり。

ともあれ、いつもの調子が戻ってきたみたいで、よかったよかった。

♂　→　♀♀♀

(((――よかったよおおぉぉぉッ!!)))

ザブンと湯船に浸《つ》かるや、ノエル、アイナ、ユフィは激しく悶絶《もんぜつ》した。

火照ったからか、安堵《あんど》と喜びのためか、真っ赤になっている顔を両手で覆って。

無理もない。ここ一週間ずっとヤキモキしていたことが、すべて自分たちの勘違いで杞《き》憂《ゆう》に終わったのだから。

「……でもさ。結構露呈しちゃったよね、この猶予期間《モラトリアム》の弱点」

ふと漏らしたノエルに、アイナが頷《うなず》く。

「今後、シルヴィアみたいな泥棒猫が現われないとも限らないし、レクスの気が変わって働き出そうとするかもしれない。思ってる以上に、現状維持は危ない綱渡りね」

外堀をしっかり埋めるまで、レクスにはこのままヒモでいてもらわないと困る。

だが現状では、いつまた均衡が崩れそうになるか。気が気ではない三人だった。

「でもどうするの？　いっそ、既成事実でも作っちゃう⁉　……な〜んて」

そう、何気なく冗談めかして口にしたユフィの言葉に。

「――それだ」

乗っかったのは、ノエルだった。

「作っちゃお、既成事実。思い切ってさ」

「なにを、どうやって？　……まさか、夜這《よば》いしかけるとか言わないわよね？」

「たまに発想がえっちだよね、アイナって」

ユフィに無言でスリーパーホールドを決めるアイナを見ながら。

ノエルは、ニヤリと笑った。

「いやいや、あるじゃん。もっと健全で、幸せいっぱいなやつ」

【エピローグ】　誓いの言葉

シルヴィーの結婚式は、王都の教会で執り行われた。

ノエルたちが勘違いしていじけちゃった日から、一週間後のことだ。

なけなしのバイト代で新調した礼服姿で参加した結婚式は、それはそれは幸せそうな雰囲気でいっぱいだった。

もしこの景色をノエルたちが見ていたら、大なり小なり人生観変わっていたかもな。

留守番を頼んでしまったのが、ちょっとだけ心苦しい。

招待されたんだから出席すればよかったのに、と思わなくはないけど。

「まさか、元盗賊《シーフ》のシルヴィーがウエディングドレスとは」

「ね～。馬子にも衣装とはこのことだ」

「自分で言うかね、普通」

挙式の後に教会の園庭で行われた披露宴。

その会場の端っこのテーブルには、お色直しをしたシルヴィーと俺がふたり。

披露宴はすっかりただの飲み会の様相を呈しており、新郎も友人たちとどんちゃん騒ぎの真っ最中だった。

でなければ、昔なじみとはいえ主役の花嫁とこうして話す機会なんて、得られるはずもないんだけど。

「でもレクスさぁ、本当に蹴ってよかったの？　社員登用の話」

「ああ。俺には荷が重いよ。正社員、しかも公務員なんてさ」

「そっか。まあレクスが選んだんならなにも言えないや。あのときもそうだったしね」

彼女の言う『あのとき』。それには心当たりがある。

シルヴィー含む数人と俺とで、パーティーを組んでいたときの話だろう。

「まさかまさかの話で言えば。私こそびっくりしたよ」

「なにが？」

「レクスが僧侶兼軍師になってたこと。昔は超強い前衛で、ばりばり戦ってた――」

シルヴィーは、途中でハッとなって口を閉ざす。

そのさりげない気遣いに、

「ありがとう。でも、あまり気にすんなって」

「ん……。けどもう、話題にはしないどく」

シルヴィーは椅子から立ち上がると、軽く伸びをした。

「みんな変わったってことだね、いいか悪いかはわからないけど。逆に言えば、ずっと変わらず……がそもそも虫がよすぎるんだろうね」

そして、俺の顔を覗《のぞ》き込《こ》んできた。

「あの子たちとの距離とか関係も、ずっと変わらず……とはいかないかもよ？」

「ノエルたちか？」

聞き返すと、シルヴィーはにやぁっと笑った。

「レクス、あの子たちの誰かと、結婚しちゃったりして……」

結婚……？

俺が、あの三人の中の、誰かと？

「いやいや、まさか」

「そのまさかがあり得るかもよ？　って可能性の話」

可能性の話。それなら、ゼロとは言い切れないんだろう。

でも、だとしたら――。

「あり得るんだとしたら、もちろんうれしいし、光栄なことだと思うよ。けどあんなことを巻き起こしといて、そんな都合のいい幸せを享受していいはずがない」

白ワインの入っているグラスを、ゆっくり回す。

中でゆったりと動き歪《ゆが》む水面《みなも》を見つめながら、俺は続けた。

「現状ですら、もう得られないと思っていたほどの幸福なんだから。それで十分。それ以上を望んだり勘違いするようなことは――」

「うーわ、おっっも。辛気くっさ」

唐突にシルヴィーに遮られてしまう。

驚き、呆気《あっけ》にとられ、自然と俺の目は彼女のほうを向いていた。

本当にクサいものを嗅いでしまったかのようなジェスチャーをしていた。

「やめてよね～、結婚式なのにさぁ。しかも、たかだか可能性の話じゃん」

「あ、ああ……ごめん。確かに」

するとシルヴィーは、呆《あき》れたように息を吐いた。

「でもそれぐらい、『四人一緒の時間』が大好きで大事ってことなんでしょ？」

「そう……だな。うん、言語化するなら、まさにそう」

「ならよかった」

シルヴィーは、あのころのシルヴィーらしい、カラッとした笑みを浮かべた。

「パーティー解散してからずっと心配してたけど、もう安心だわ。だって――」

そして、俺の肩をポンと叩《たた》き、

「いまのレクス、うんと楽しそうに見えるもん」

それだけ言い残すと、シルヴィーは友人のほうへと向かっていった。

いまの俺は、楽しそう……か。

だとしたら、俺は変われたんだろうな。

ノエル、アイナ、ユフィと出会えたことで。三人と旅ができたことで。

なら、なおのこと大切にしていきたい。

これからも、あの三人との時間と関係を。

＊　＊　＊

などと思いつつ、披露宴から帰宅したのにだ。

「ど……どうしたんだ、その格好？」

リビングへ足を踏み入れて早々目に飛び込んできたのは――、

「どうしたって、見てわからない？」

「シルヴィアで見慣れてしまったんですか？」

「あたしたちはあたしたちで似合ってるでしょ？　えへへっ」

ノエル、アイナ、ユフィの――ウエディングドレス姿だった。

「それは見りゃわかるよ。なんで着てるんだ？」

「埋め合わせに付き合ってもらおうと、三人で計画しまして」

アイナは不服そうに言い、

「あたしたちを困惑させるだけさせて、結婚式にまで行っちゃうんだもん！」

ユフィはぷくーっとふくれっ面になり、

「あとは、楽しそうだから。シンプルに。で、思い切ってレンタルしちゃった」

ノエルが相変わらずシレッと答えた。

レンタルって……いくらしたんだよ、そんなお金どこに!?

と、そんな心配で、あえて脳をいっぱいにする。

でないと、目の前の三人のキレイさで、目が眩《くら》んでしまいそうだった。

「ね、せっかくだから撮ろうよ、写真」

「いいね！　レクスくんも一緒に♪」

「ちょうど【風景を保存する魔術《ヴァルク・トレア》】の魔導書もありますし」

「い、いや。俺はいいよ。三人で撮れば――」

俺なんかが写ってもいい思い出にならないだろ、という思いで言いかけた言葉は、ノエルに腕を引かれて遮られる。

「いいからいいから。ほらっ」

花壇と芝生で色鮮やかな庭先が眺められる、リビングの一角に連れられる。

目の前には、純白のウエディングドレスに身を包んだノエル。

アイナとユフィはやや離れた場所にいて、いつの間にか【風景を保存する魔術《ヴァルク・トレア》】の魔導書を発動させ、眷属《カメラ》を出現させていた。

「じゃ、まずはわたしからね」

「え、ひとりひとり撮ってくの？」

「もしかして不満？　三人一緒がいい？　でも、まだダメ」

ノエルはイタズラっぽく笑う。

「最後はみんなと一緒に記念撮影していいけど。最初はひとりずつ」

庭先の景色をバックに向かい合って立つ、花嫁姿のノエルと礼服姿の俺。

その様子を、すでに眷属《けんぞく》は何度もシャッターを切って撮影していた。

カシャッ、カシャッという音がしきりに耳朶《じだ》を打つ中、ノエルは軽く咳払《せきばら》いをしてから、

「わたしはこれからも、レクスがしたいこと全部、一緒に楽しんであげる。わたしとなら一生忘れられない楽しい思い出、たくさん作れるよって誓うね」

なんだか妙な誓いの言葉を口にした。

「したいこと全部って……範囲広すぎない？」

「だってわたしも楽しいんだもん、レクスが楽しめることは全部。それぐらい相性いいんだよ？　だからどんなお願いも、遠慮しなくていいからね」

そう言って爽やかな笑みを浮かべるノエル。

凛々《りり》しくて、クールで、美しい顔立ちが、かわいらしく破顔している。

そのギャップに、俺の胸は思わずドキリと脈打ってしまった。

「次は私です」

ノエルと交代で俺の前にやってきたのは、アイナだ。

「私はこれからも、貴方《あなた》が周りに迷惑をかけないよう目を光らせます。自堕落な貴方が生涯真っ当に生きていけるよう、管理すると誓ってあげてもいいですが？」

待て待て。それ、誓いの言葉なのか？

「やたら主従関係を強調している気がするんだけど？」

「不満ですか？　貴方のような人間には、むしろ過ぎた幸福だと思いますが。ありがたく受け取ってはいかがです？　……損はさせませんから、絶対に」

普段はドライで、常に俺に対してシニカルなアイナ。

でも、最後に見せた彼女の頬《ほお》の紅潮具合は、なぜか脳裏に焼き付いて離れなかった。

「次、あたし〜♪」

今度はユフィが、アイナと交代して俺の目の前に立つ。

「あたしはこれからも、レクスくんがい〜っぱい甘えられるようがんばる。十年後も百年後も……転生したとしても、レクスくんのお姉さんでいることを誓ってあげる♪」

めちゃくちゃ重いって……！

「仮に転生したとして、覚えてるとは限らないんじゃ……」

「ううん、あたしは忘れない。忘れちゃってても思い出す。どんなに離ればなれでも、また必ず会いに行く。レクスくんが覚えてなかったら、思い出させるもん。絶対♪」

俺の目をまっすぐ、心模様すらも覗《のぞ》き込《こ》むかのように見つめ、微笑《ほほえ》むユフィ。

一見重いようで、その実どこまでも直向《ひたむ》きな心の強さに、俺は思わず圧倒され胸の奥が跳ねてしまった。

三者三様の誓いの言葉を言い切ると、ノエルたちは俺のそばにギュッと身を寄せて眷属《カメラ》のほうを向いた。集合写真を撮る気らしい。

その瞬間、俺の脳裏を過《よぎ》ったのは、シルヴィーの言葉だった。

『レクス、あの子たちの誰かと、結婚しちゃったりして……』

あれは単なる可能性の話だ。ゼロではない程度の、もしもの話。

でも、その一％が真実になるのかも？　と仮定すれば、すべての辻褄《つじつま》は合う。

ノエルたちの意味深な行動の理由に、整合性が生まれてしまう。

だとしても――絶対に勘違いなんてするな、俺っ！

そう、強く心に言い聞かせていたのに。

「これさ、本当の目的はなんなの？」

口をついて出た俺の問いに。

ノエルはペロッと小さく舌を出し。

アイナは紅潮した顔をツンと逸《そ》らし。

ユフィはからかうような笑みを浮かべ。

それぞれ、人差し指を立てて口元に添えた。

「「いまはまだ、内緒」」

「～～～っ！」

くぅ……この子たちは、ホントにもう……！

そんなイタズラ心に満ちたかわいい仕草を、俺に向けないでくれ。

つい、勘違いしたくなっちゃうでしょうがっ。

【彼女たちのエピローグ】

礼服を着替えるため自室に向かった、レクスのいないリビング。

ノエルたちは満足げに笑みを浮かべていた。

「写真、バッチリ？」

「ええ。しっかり保存できている」

「これで既成事実は完璧。作戦大成功だね♪」

シルヴィアの披露宴から帰ってきたレクスを、ウエディングドレス姿で迎えて驚かせるという作戦は、効果てきめん。

これこそが先日の浴室にて、ノエル発案で擦り合わせた作戦だった。

もうこれでレクスに余計な虫は寄りつかない。

よしんば近寄ってきても、写真を見せれば嫌でも引っ込んでくれる。

その猶予で、自分たちはじっくりとアピールし、レクスを攻略すればいい。

「でも、よく誰も告らなかったね。流れで言っちゃえそうな気もしたけど」

ふとユフィが、思ったままを口にする。

「あそこで告げられる勇気があるなら、そもそも今日までウダウダしてないわ」

「右に同じく。いざとなると躊躇《ためら》っちゃうよね、やっぱ」

レクスのことが好きだからこそ。

好意を一方的に伝えるだけ伝えて玉砕するのだけは、避けたかった。

「それに、今回のこれの趣旨には、彼への腹いせも含むもの」

「その点もバッチリ。狼狽《うろた》えてるレクス、かわいかった」

「確かに。じゃあ、最低限の課題はクリアしたってことだね」

ノエルとアイナは頷《うなず》いた。

だから、いまはまだこれでいい。

こうして少しずつ確実に外堀を埋めていけば、必ずチャンスは巡ってくるのだから。

（まだ早いからね、焦るのには）

（状況は動き出したばかりだもの）

（猶予はたっぷり残ってるし！）

ノエル、アイナ、ユフィの三人は、互いの目を見合って火花を散らした。

そしてクルリと背を向けると、それぞれ密《ひそ》かに握っていた手を開く。

握られていたもの。

それは――指輪だった。

（この指輪で、グッと縮めるの。レクスとの関係）
（この指輪で、鈍感な彼に私の気持ちをわからせる）
（この指輪で、レクスくんを未来永劫《みらいえいごう》繋《つな》ぎ止めるんだから）
計画したわけでも、示し合わせたわけでもなく。
偶然にも三人は、同じ作戦に打って出ようとしていた。
彼をヒモにすることで確保した猶予期間《モラトリアム》で繰り広げられる、レクス争奪戦。
その行方は、レクスのあずかり知らぬところで、さらに加速していく。

……のかもしれない。

【了】

あとがき

作家は経験したことしか書けない……とは、よく見聞きする言説かと思います。

もしこれが真実なのだとしたら——。

作家デビューする前、そこそこブラックな職場でヘロヘロになるまでがんばって働いていたはずなのに、なぜ僕はいま異世界に居《お》らず、ノエルやアイナ、ユフィみたいな女の子に囲まれたハーレムヒモライフを送れていないのか……！

ウソつきー!!　件《くだん》の言説、偽りばっかじゃないかーッ！


という与太話《よたばなし》はおいといて。ラノベ作家の落合祐輔《おちあいゆうすけ》です。

初めましての読者さまは、初めまして。お久しぶりの皆さまは、お久しぶりです。

数年ぶりに、作家デビュー時にお世話になったＭＦ文庫Ｊさまに帰ってきました。

異世界ものは『聖剣転生してギャルと…!?』以来。

ハーレムラブコメは『おまえ本当に俺のカノジョなの？』以来、だいぶ久々で……。

あれれ～？　どっちもＭＦ文庫Ｊさまで出させてもらった作品だぞ～。こんな偶然もあるんだな～。

……本当に偶然です。だからこそホームに帰ってきた感がハンパなく、うれしいです！

さて今作は、とにかくヒロインズのおもしろかわいさに全振りしました。

その痕跡が、ヒロイン視点シーンの多さ。全体の半分近くがそうでしょうか。

これはあくまでも落合の経験と知見による仮説ですが。

ラブコメにおいてヒロインのかわいさが限界突破する瞬間は、恋しているいじらしさや恋心故に暴走しちゃう様子がヒロイン視点で描かれたとき……だと思ってまして。

今作はその仮説をもとに構成してみました。

ヒロインズのいじらしくも乙女でかわいく、時に暴走したり意外なフェチが判明したりするおもしろさを、存分に楽しんでいただけましたら幸いです！

二巻出したいな、出せたらいいな。続刊を出せれば、次回、ヒロインズが次に計画しているとある作戦で、レクスの身になんと——ああもう文字数限界!?　謝辞に移ります！

担当編集のIさま、イラスト担当のトモゼロさま、制作・販売に携わってくださった関係者の皆さま、連名で申し訳ありませんが本当にありがとうございました！

そして改めて、ここまでお読みいただいた読者の皆さまに、最大限の感謝を。

またお目にかかれることを願っております！

二〇二五年　三月　落合祐輔

ファンレター、作品のご感想をお待ちしています

あて先

〒102-0071　東京都千代田区富士見2-13-12
株式会社KADOKAWA　MF文庫J編集部気付
「落合祐輔先生」係　「トモゼロ先生」係

MF文庫J

魔王討伐のごほうびはパーティー全員に養われることでした

2025年 4月25日　初版発行

著者　落合祐輔

発行者　山下直久

発行　株式会社 KADOKAWA
〒102-8177 東京都千代田区富士見 2-13-3
0570-002-301（ナビダイヤル）

印刷　株式会社広済堂ネクスト

製本　株式会社広済堂ネクスト

Printed in Japan　ISBN 978-4-04-684806-2 C0193

◇◇◇

死亡遊戯で飯を食う。

好 評 発 売 中

著者：鵜飼有志　イラスト：ねこめたる

自分で言うのもなんだけど、
殺人ゲームのプロフェッショナル。

義妹生活

好評発売中

著者：三河ごーすと イラスト：Hiten

同級生から、兄妹へ。
一つ屋根の下の日々。

シャーロック＋アカデミー

好評発売中

著者：紙城境介　イラスト：しらび

真実を、競い合え——！

緋弾のアリア

好評発売中

著者：赤松中学　イラスト：こぶいち

『武偵』を育成する特殊な学校を舞台におくる
超大スケールなアクション・ラブコメディ！

Re：ゼロから始める異世界生活

好評発売中

著者：長月達平　イラスト：大塚真一郎

幾多の絶望を越え、
死の運命から少女を救え！

INFORMATION

INFORMATION

グッバイ宣言シリーズ

好評発売中

著者：三月みどり　イラスト：アルセチカ

原作・監修：Chinozo

青い春に狂い咲け!